Tornado auf vier Pfoten -

Mein Leben mit Podenco Dunya

Judy Kleinbongardt

Tornado auf vier Pfoten -

Mein Leben mit Podenco Dunya

Bibliografische Information der Deutschen Nationalbibliothek:
Die Deutsche Nationalbibliothek verzeichnet diese Publikation in der Deutschen Nationalbibliografie; detaillierte bibliografische Daten sind im Internet über http://dnb.dnb.de abrufbar.

Ursprünglicher Titel: Ten poten uit – Dunya: Podencoliefde een leven lang
Übersetzung: Judy Kleinbongardt

Redaktion und Seitenlayout: Judy Kleinbongardt
Umschlaggestaltung: Judy Kleinbongardt

© 2015 Judy Kleinbongardt
www.podenco-de.weebly.com
Herstellung und Verlag: BoD Books on Demand Norderstedt

ISBN 9783738612950

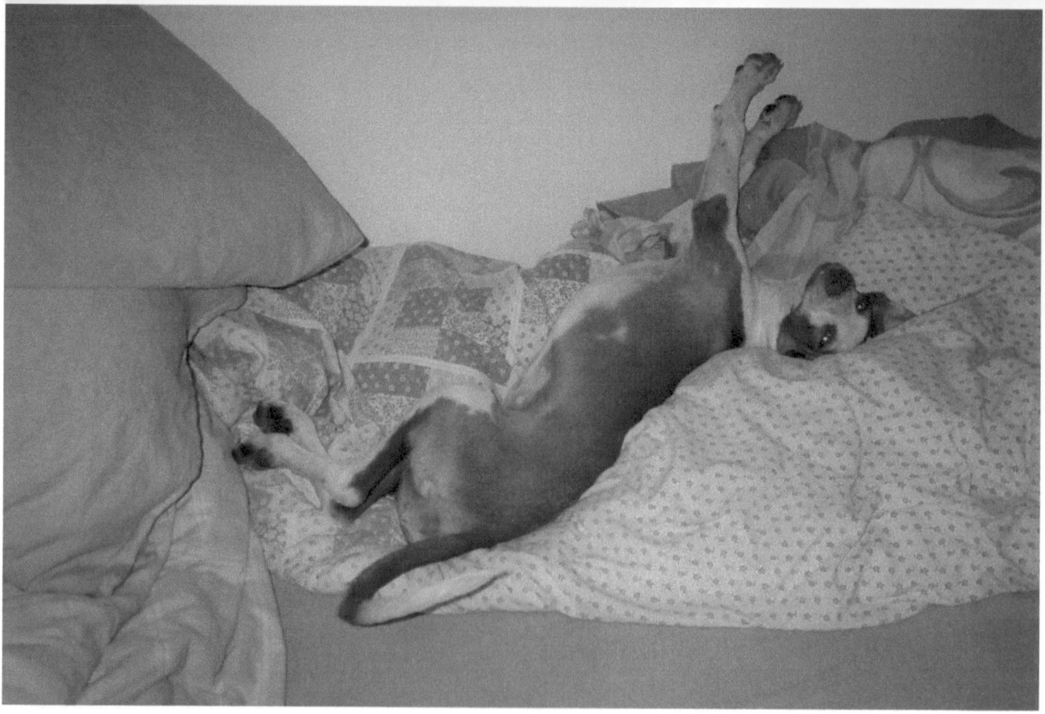

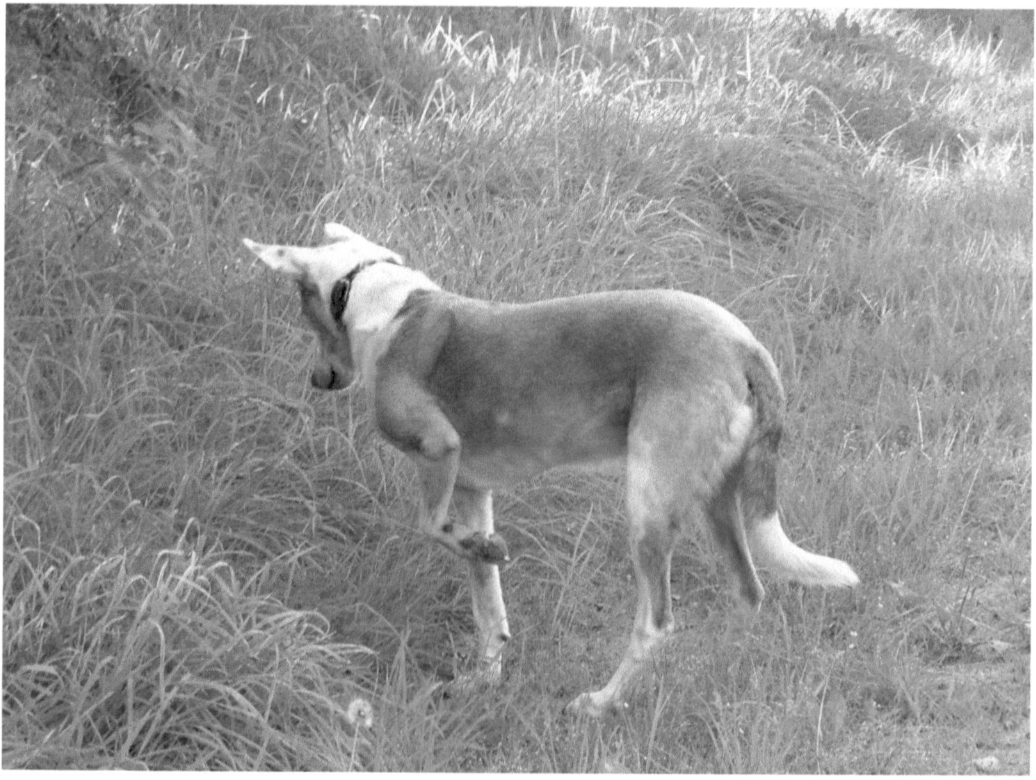

Über dieses Buch

Im Gegensatz zu „Der Podenco – ein besonderer Mitbewohner" ist das vorliegende Buch kein Rassenbuch. Es handelt nicht von „dem Podenco", sondern ist eine Hommage an Dunya, die Podenca, mit der ich sechzehn Jahre meines Lebens geteilt habe, obwohl Sie zweifellos viele Situationen bei Ihrem eigenen Podenco wiedererkennen werden.

Es ist mehr als eine Sammlung von Situationen, die man im Nachhinein als lustig einstuft und mit Humor nacherzählen kann. Es ist ein persönlicher Bericht, in dem ich meine Kurzgeschichten über Dunya zusammen getragen habe, unterstützt von Erinnerungen und Tagebuchaufzeichnungen.

Die Erinnerungen sind oft fröhlich, stimmen aber auch manchmal ernst (Die Auszüge aus meinen Tagebüchern sind *kursiv* gedruckt). Die schönen Momente, die lustigen Situationen, aber auch die Mutlosigkeit und Frustrationen, mit denen meine Erziehungsversuche einher gingen, sind ein Teil davon und geben einen ehrlichen Blick hinter die Kulissen meines Zusammenlebens mit diesem besonderen Hund. Ich nehme Sie mit auf dem Weg, den ich zurückgelegt habe, von Anfang bis Ende.

Die meisten Erinnerungen stammen aus Dunyas jüngeren Jahren, weil ich in dieser Zeit das Meiste mit ihr erlebt habe. Als sie älter und etwas gemäßigter wurde, gab sie weniger oft Anlass zum Schreiben von Geschichten.

Vieles würde ich heute anders machen als ich es in den ersten Jahren mit Dunya getan habe. Unkenntnis spielte dabei gewiss eine Rolle, aber auch die Tatsache, dass es eben eine andere Zeit war mit anderen Ideen über Hundeverhalten und -erziehung.

Ich zeige Ihnen, dass das Leben mit einem Podenco nicht immer nur Freude mit sich bringt, aber dass ein Podenco Ihr Leben bereichern wird, wie Dunya meines bereichert hat.

Judy Kleinbongardt

Prolog: Was ist ein Podenco?

Die Antwort auf diese Frage könnte mit Leichtigkeit ein eigenes Buch füllen. Aber für den Leser, der die Rasse nicht kennt, hier eine kurze Einführung: Der Podenco ist ein Halbwindhund, Jagdhund par excellence, der in Spanien für die Kaninchenjagd gezüchtet wird. Leider leiden die meisten Podencos in Spanien ein trostloses Leben, weil sie nicht als Mitbewohner, sondern als Gebrauchsartikel gesehen werden. Wenn sie nicht (mehr) jagdtauglich sind, werden sie abgedankt oder getötet.

In den letzten Jahren hat sich die Situation der Podencos in Spanien zwar etwas verbessert, vor allem dank der vorzüglichen Aufklärungsarbeit der Tierschützer; aber dennoch ist in vielen Gebieten das Obengenannte Gang und Gäbe.

In vielen westeuropäischen Ländern gibt es Vereine, die sich das Los der Podencos zu Herzen nehmen. Neben ihren Aktivitäten, die auf eine Mentalitätsveränderung in Spanien gerichtet sind, versuchen sie, einige der tausenden Podencos, die jährlich sterben müssen, zu retten und ein gutes Zuhause für sie zu finden.

Über einen dieser Vereine kam Dunya zu mir.

Der Podenco ist eigentlich mit keiner anderen Rasse zu vergleichen. Er vereint die Eigenschaften eines Jagdhundes mit denen eines Windhundes. Er ist intelligent, beweglich, hat meist einen stark ausgeprägten Jagdtrieb, kann unglaublich schnell und graziös rennen und auch aus dem Stand beeindruckend hoch springen.

Er ist kreativ – wenn es darum geht, seinen Willen durchzusetzen –, hat Humor, ein großes problemlösendes Vermögen und verfügt über ein Arsenal an Gesichtsausdrücken, die beinahe menschlich anmuten.

Außerdem kann er ein richtiger Schmusebär sein und ist im Haus oft ein wunderbar ruhiger Mitbewohner, der am liebsten faul auf der Couch oder dem Bett liegt. Ein Hund also mit vielen Facetten.

1

Dunya

Von dem Moment an, als Dunya als dritter Hund, aber erster Podenco (!) in mein Leben trat, war es vorbei mit meinem geregelten Leben. Dunya, viereinhalb Monate jung, war sehr intelligent, eigensinnig, extrem selbständig und mit einem unglaublichen Jagdtrieb ausgestattet.

Menschen fand sie klasse. Dunya war eine ausgesprochene Partynudel, die jeden Besuch begeistert begrüßte. Meine Katzen tolerierte sie; in ihren jungen Jahren lag sie sogar oftmals gemeinsam mit einer Katze auf der Couch. Andere Hunde außerhalb unserer eigenen Hundegruppe stufte sie meist als geeignete Spielkameraden ein. Manchmal wurden sie aber auch böse angemacht.

Dunya verfügte über große Ausdruckskraft. Sie konnte ein ganzes Arsenal an Stimmungen wiedergeben, durch ihren Gesichtsausdruck, den Stand der Ohren, aber auch verbal. Ich sage oft, dass Dunya "reden" konnte, denn was sie von sich gab, ging über das normale Bellen, Winseln oder Heulen hinaus, das man von Hunden gewöhnt ist.

Wenn Dunya wedelte, so tat sie das mit ihrem ganzen Körper, und sie lachte dazu. Ja, sie hatte Gefühl für Humor, was auch ich - vor allem in den ersten Jahren unseres Zusammenlebens - nötig brauchte. Denn Dunya hat wirklich alles kaputtgemacht, was nicht niet- und nagelfest war. Und das, obwohl sie nie allein zuhause war. Keine geringe Leistung, aber für einen Podenco eine seiner leichteren Übungen.

Auch meinen Garten hat Dunya im Laufe der Zeit nach eigenem Ermessen umgestaltet.

Und dann die unzählbaren Streiche, die sie im Laufe ihres Lebens vollbrachte! Wie damals, als ich den Flur strich und Dunya „zu Hilfe" kam. Sie tauchte eine Pfote in den Farbeimer und lief dann übers Laminat, wobei sie natürlich überall Abdrücke ihrer Pfoten hinterließ. Als ich vor Schreck aufschrie, sprang sie begeistert an mir hoch... nun war also auch meine Kleidung voller Farbe!

Natürlich war ich in dem Moment nicht so begeistert, aber wie so oft war auch diese Situation Anlass, später eine Geschichte darüber zu Papier zu bringen.

Dunyas Sprungkraft war enorm. Einmal verfolgte sie ein Eichhörnchen, das an einem Baumstamm hinaufrannte, sprang hinterher... und landete auf dem untersten Zweig des Baumes, von wo aus sie verdutzt hinunterschaute.

Ich brauchte nicht gerade alles, was ich bisher über Hunde gelernt hatte, zu vergessen. Aber ich musste es auf jeden Fall größtenteils anpassen, denn die Ausbildungsmethoden, derer ich mich bei meinen anderen Hunden bedient hatte und die aus ihnen doch recht gehorsame Hunde gemacht hatten, waren für Dunya völlig ungeeignet.

Kann man einen Podenco überhaupt erziehen?, fragte ich mich oft, wenn ich wieder mal der

Verzweiflung nahe war nach dem hundertsten Versuch, meine und Dunyas Wünsche etwas mehr auf einen Nenner zu bringen. Bei der Erziehung machte ich meist einen Schritt vorwärts und zwei zurück.

Ich habe Dunya auch frei laufen lassen – mit wechselndem Erfolg. Sie kam immer zurück, aber vor allem die ersten zehn Jahre ihres Lebens konnte das fünf oder sechs Stunden dauern.

Die Beispiele von Spaziergängen, wobei ich stundenlang auf mein iberisches Rennwunder gewartet habe, sind unzählbar. Während unseres Urlaubs in Frankreich ist sie sogar eine ganze Nacht weggeblieben.

Trotzdem konnte ich es nicht über mich bringen, ihr den Freilauf gänzlich zu verbieten. Sie genoss ihn so sehr, und – wenn ich das Glück hatte, dass sie in meiner Nähe blieb – war es für mich ein spektakuläres Schauspiel.

Als sie jung war, habe ich mit Dunya einige Kurse Agility belegt, die ihr viel Spaß gemacht haben, solange sie die Hindernisse aussuchen durfte. Auch haben wir gemeinsam einige Kurse in Hundeschulen besucht, wo wir die Vorbereitung auf die Gebrauchshundeprüfung geschafft haben, für diese Art von Hund durchaus eine Leistung. Leider vergaß Dunya auf den Spaziergängen alles, was sie in der Hundeschule gelernt hatte.

Im Laufe der Jahre hat Dunya viele Hunde und Katzen in unserem Haus kommen und gehen sehen; die regelmäßigen Wechsel ihrer vierbeinigen

Mitbewohner ließen Dunya jedoch recht unbeeindruckt.

Meine Hunde sind selten allein zuhause; meist nehme ich sie überall mit hin, und wenn sie irgendwo nicht hinein dürfen, warten sie im Auto. Das geht meist sehr gut, außer im Winter oder Sommer, wenn es im Auto zu kalt oder zu heiß ist. Dann müssen sie halt mit, und das führt manchmal zu recht unbequemen Situationen.

Sind Sie schon mal mit zwei Säcken Katzenstreu, fünfzehn Dosen Katzenfutter, Waschmittel, Trockenfutter und noch so einigem, verteilt über drei Taschen, mit drei Hunden an der Leine durch eine Einkaufsstraße gelaufen, mit einer Jacke an, obwohl es heiß ist, aber es *hätte* ja auch regnen können?

Nun, ich schon. Aber ich kann es nicht empfehlen.

Erst in hohem Alter wurde Dunya etwas ruhiger, schlief mehr, und auch ihre Zerstörungswut ließ nach. Aber wie es sich für einen richtigen Podenco gehört, blieb sie der verrückte, lustige, besondere Hund. Sie war noch aktiv und wollte durchaus ab und zu noch was klauen, etwas Leckeres von der Anrichte oder Krimskrams vom Tisch. Auch half sie beim Auspacken meiner Einkaufstaschen.

Ihre früher satt braune Farbe verblasste im Laufe der Zeit; sie wurde hellbraun mit viel weiß dazwischen, und ihr Kopf war zum Schluss fast ganz weiß geworden.

Ich habe nur einige Jahre mit einer Dunya erleben dürfen, die noch bei guter Gesundheit, aber – auch auf den Spaziergängen – bereits etwas ruhiger war. Dann begannen die Altersbeschwerden, erst die

Inkontinenz, später dann zwei Mal ein geriatrisches Vestibularsyndrom und zum Schluss ein Tumor in der Nase.

Am 4. August 2014 habe ich Dunya für immer einschlafen lassen. Meine geliebte Podenca, die so viele Jahre mein Leben geteilt hat. Ich bin dankbar für die Jahre, die ich mit diesem besonderen Hund verbringen durfte, selbst für die Anfangszeit - die alles andere als einfach war -, auch wenn ich das damals nicht so erfahren habe.

Ich habe viel von Dunya gelernt, über Hunde, über Podencos und über mich selbst.

Meine Gedanken gehen zurück zu der Zeit, als alles begann...

2

Ein Podenco zieht ein

1997. Ich teile mein Haus mit Mira, meiner Teenager-Tochter, einigen Katzen, der Pyrenäenhündin Rubis und Flits, einem Mischling aus dem örtlichen Tierheim.

Durch Zufall – oder war es Bestimmung? – kaufte ich die Zeitschrift "Hart voor Dieren" (Ein Herz für Tiere) und las einen Artikel über das traurige Leben der Podencos in Spanien und die damalige Podenco Aid Foundation (PAF; heute: Animal Aid Foundation), die versuchte, diesen Hunden zu helfen.

Davor hatte ich noch nie von Podencos gehört und kannte auch ihre Situation im Ursprungsland nicht. Der Artikel traf mich zutiefst, und ich entschloss mich, die Patenschaft für einen Podenco der PAF zu übernehmen, um wenigstens ein klein wenig zu helfen.

So kam ich im Oktober 1997 mit diesem Verein in Kontakt. Regelmäßig erhielt ich Updates über meinen Patenhund.

Allmählich reifte der Entschluss, einen Schritt weiterzugehen und selbst einen Podenco zu adoptieren.

Aber was genau war nun eigentlich ein Podenco?

In einigen Zeitschriften und Hundelexika fand ich Informationen über diese Rasse. Die PAF teilte mir ihre eigenen – positiven - Erfahrungen mit, die die Leiter der Auffangstation mit einem Podenco gemacht hatten, als sie noch in den Niederlanden wohnten. Außerdem gaben sie mir die Adressen von einigen Podenco"besitzern" in den Niederlanden.

Mit diesen Menschen habe ich mich beraten. Ihre Erfahrungen waren unterschiedlich, aber die meisten stimmten in einem Punkt überein: Mach das bloß nicht!

Fast alle erzählten mir, dass es unmöglich ist, den Podenco zum sicheren Freilauf zu erziehen. Obwohl es für mich wichtig ist, dass meine Hunde frei laufen können, war ich eigensinnig genug zu denken, dass mir das sicher gelingen würde, vor allem, wenn ich einen jungen Hund aufnähme.

Mit der PAF entspann sich ein reger Brief- und Telefonverkehr – ich hatte damals noch kein Internet –, in dem wir beratschlagten, welcher Hund am besten zu mir passen würde.

Eine Möglichkeit war ein blinder Podenco namens Treasure. Aber so gern ich ihn auch aufgenommen hätte, Freilauf wäre für ihn nicht möglich gewesen. Außerdem erschien ein Welpe oder junger Hund geeigneter, weil er sicherlich leichter erziehbar sein würde.

Ja, das dachte ich damals noch...

14. Mai 1998: Eine halbe Stunde mit der PAF telefoniert. Sie haben jetzt Welpen, sieben Wochen alt. Die PAF ist davon überzeugt, dass es tolle Hunde sind, die man auch erziehen kann.

Heute, sechzehn Jahre später und viele Erfahrungen reicher, weiß ich, dass die Adoption eines Welpen absolut keine Garantie für den Freilauf bietet, und was die "leichtere" Erziehung betrifft, kann davon nach meinem heutigen Wissen bei einem Podenco sowieso keine Rede sein. Aber damals war ich wie gesagt noch eigensinniger als ich es heute immer noch bin und dachte: Das schaffe ich schon!

Zu der Zeit hatte die PAF zwei Würfe von Hündinnen, die trächtig eingeliefert worden waren: einen Wurf Podencomischlinge und einen reinrassiger Podencos.

Wenn ich mich schon auf dieses Abenteuer einlasse, dann auch ein "richtiger" Podenco, dachte ich mir.

12. Juni 1998: Ich überlege mir, was das Schlimmste ist, was schiefgehen kann. Das ist denke ich, dass so ein Hund sein Leben lang an der Leine laufen muss. Bei anderen Rassen bestehen andere Risikos, wie Aggression, andere Hunde oder Radler anmachen... Eine Bekannte hat es sogar mit einem zweijährigen Hund geschafft. Warum soll es bei mir dann mit einem Welpen nicht klappen?

14. Juni 1998: Ausführlich mit Mira über einen Podenco gesprochen. Ihr gefällt die Idee und mir auch. Aber was ist nun besser: der blinde Podenco, ein Welpe... oder doch lieber ein Hund aus dem hiesigen Tierheim?

18

22. Juni 1998: Es wird auf jeden Fall ein Podenco aus Spanien!

Die PAF hat Medusa für mich ausgesucht, wie Dunya damals noch hieß, eine Podencohündin von viereinhalb Monaten. Schön, goldig anzusehen, sehr begeisterungsfähig und schon etwas erzogen, so wurde mir versichert.

8. Juli 1998: Ich habe mich entschieden: Es wird Medusa. Die Auffangstation ist begeistert von ihr. Aber sie ist schon viereinhalb Monate alt; mit sechzehn Wochen ist die Sozialisierungsphase eigentlich abgeschlossen.
Ein bisschen Angst habe ich auch, weil sie so ein Wildfang ist. Hätte ich doch lieber den ruhigeren Treasure nehmen sollen?

Eigentlich war Medusa bereits reserviert, zufällig von einer Familie ganz in unserer Nähe, aber die Leute hatten nichts mehr von sich hören lassen. Als dann auch auf eine Notiz mit der Bitte, Kontakt aufzunehmen - die ich dort auf Bitte der PAF hin in den Briefkasten warf - keine Reaktion erfolgte, wurde die Reservierung storniert, und Medusa war frei zur Adoption.

Und so kam Dunya am 23. Juli 1998 in mein Leben. Ja, "Medusa" wurde zu "Dunya". Der Klang war ähnlich, und meine Schwägerin hatte jahrelang einen ganz tollen Hund gehabt, der Dunya hieß (ihre Dunya war allerdings eine Deutsche Dogge...). Darum entschied ich mich für diesen Namen. Vielleicht war es ja ein gutes Vorzeichen? Seitdem

19

bekommt jeder Hund, den ich aufnehme, einen neuen Namen als Symbol für sein neues Leben.

Mitten in der Nacht holten wir Dunya vom Flughafen ab, und den Moment, in dem die Tür des Transportkäfigs aufging und uns einen ersten Blick auf den Neuankömmling gestattete, werde ich nie vergessen. Die PAF hatte noch ein Foto schicken wollen, aber das hat irgendwie nicht geklappt; daher hatte ich keine Ahnung, wie Dunya aussehen würde, und war sehr neugierig.

Noch etwas groggy von den Beruhigungsmitteln, kam zögernd ein spitzer Kopf mit ebensolcher Schnauze aus dem Transportkäfig zum Vorschein. Als die Ohren aus gefaltet wurden, waren sie tatsächlich riesengroß, im Gegensatz zu dem kleinen Körper, der folgte. Der lange Rattenschwanz war ganz unter den Bauch gezogen. Und sie war so mager! Die Hüftknochen stachen wie zwei spitze Hügel heraus, und man konnte alle Wirbel zählen. Und dann zu bedenken, dass sie für spanische Verhältnisse in ausgezeichneter Verfassung war!

Auf ging's in die kühle Nachtluft. Dunya lebte sofort sichtbar auf und reagierte auf alles und jedes. Im Zickzack lief sie von links nach rechts, mal vor, mal hinter mir, Ohren auf Empfang und die Nase am Boden. Hundert Prozent Jagdhund. Kein noch so kleines Geräusch entging ihr. Ich muss zugeben, dass der Mut mich ein bisschen verließ. Wie sollte ich so einen Wirbelwind erziehen?

Ich hatte mich gründlich mit Decken, Hand- tüchern, Trinkwasser und Leckerchen auf die zweieinhalbstündige Rückreise vorbereitet. Aber Dunya sorgte für eine Überraschung: Erst saß sie zitternd wie Espenlaub im Auto, aber nachdem der Motor angelassen war, rollte sie sich zusammen wie ein Igel, Kopf auf meinem Schoß, seufzte zufrieden und rührte sich den Rest der Reise nicht mehr. Sie lag herrlich in eine warme Decke eingekuschelt; denn von vierzig Grad in Spanien plötzlich in unserem nasskalten Holland mit fünfzehn Grad zu landen, war schon gewöhnungsbedürftig.

Als wir todmüde um vier Uhr morgens endlich nach Hause kamen, wurden wir begeistert von unseren Vierbeinern begrüßt, die wir mit einem Dogsitter zurückgelassen hatten. Dunya fand alles aufregend und wollte sofort spielen. Rubis und Flits waren etwas reservierter, akzeptierten Dunyas Anwesenheit allerdings recht gut, zumindest so lange wir draußen waren.

Einmal im Haus, änderte sich ihre Haltung sofort. Dunya stellte die Toleranz von Rubis und Flits allerdings auch auf eine harte Probe, als sie innerhalb von einer halben Stunde nicht nur in Flits' Körbchen lag, sondern sich auch noch seinen Kauknochen angeeignet hatte.

Das war dann doch zu viel des Guten. Wie rührend Dunya auch versuchte, die beiden für sich zu gewinnen, wurde ihr unmissverständlich deutlich gemacht, dass sie hier erst mal gar nichts einzubringen hatte. Als Dunya schließlich auf dem Rücken lag, Schwanz gegen den Bauch gedrückt, waren unsere beiden Bulldozer zufrieden und gingen ihres Weges.

Um fünf Uhr morgens, nach dem Genuss etlicher Tassen Kaffee an diesem ereignisreichen Tag, ging ich mit Dunya ins Bett.

Ja, sie musste (durfte?) mit nach oben. Ich wollte sie nicht jetzt schon unten mit den anderen Hunden allein lassen. Auch hatte ich Angst, dass sie im Wohnzimmer vielleicht etwas kaputtmachen würde (ach, ich Ahnungslose!).

Dunya schlief an mich geschmiegt, unter dem Deckbett, mit ihrer spitzen Schnauze auf meiner Schulter. Eine richtige Schmusekatze. Dazu reizend und - das merkte man schon - sie würde sich die Butter nicht vom Brot essen lassen. Ich erwartete – zurecht, wie sich die kommenden Jahre herausstellen sollte! –, dass die verschiedenen Hundetrainer und ich noch so einiges mit ihr erleben würden.

3

Sozialisieren?

Nach ein paar Stunden Schlaf ging's los in eine für Dunya neue Welt. Wir mussten an diesem Tag zufällig in eine Kleinstadt, wieder etwas anderes als das Dorf, in dem wir wohnen. Unterwegs - Dunya problemlos auf meinem Schoß - hielten wir an einem Waldsee, um den Hunden noch einen Spaziergang zu gönnen, bevor es in die Stadt ging. Dunya fand alles außerordentlich interessant und machte dankbar Gebrauch von den zehn Metern Freiheit, die ihre Leine ihr bot.

Beim See angekommen, hatte Dunya wieder eine Überraschung für uns in Petto.

Rubis und Flits schwammen beide nicht; sie kühlten sich nur die Füße. Daher waren wir sehr erstaunt, als Dunya seelenruhig ins Wasser stakste und, als hätte sie nie etwas anderes getan, hinter Stöckchen her schwamm, die ich ins Wasser warf, und sie auch noch apportierte.

Ich habe das nachgefragt. In Spanien hatte sie noch nie einen See oder Teich gesehen, geschweige denn geschwommen. Aber dafür sah es wirklich gekonnt aus!

Auf in die Stadt. Auch dort benahm Dunya sich prima. Interessiert begutachtete sie allen Trubel um sich herum. Radler, Skater, Autos, sogar ein großer

Müllwagen, Menschenmassen, nichts konnte sie aus der Ruhe bringen.

Als wir dann auf einer Terrasse eine kleine Pause einlegten, war allerdings deutlich, dass Dunya nach all diesen Eindrücken geschafft war. Sie rollte sich auf meinem Schoß zusammen und schlief ein.

29. Juli 1998: Gleich am ersten Tag habe ich damit angefangen, Dunya an alle notwendigen Handlungen zu gewöhnen, wie das Befühlen des Körpers, Gebisskontrolle, Betasten der Pfoten und Ohren. Das ließ Dunya sich problemlos gefallen.

An ihrem zweiten Tag in den Niederlanden gehen wir erneut ans Wasser, wo wir einem fröhlichen Golden Retriever begegnen; und zum ersten Mal sehen wir Dunya ein bisschen rennen. Zwar wird sie durch ihre lange Leine etwas in ihrer Freiheit eingeschränkt, aber es sieht trotzdem toll aus!

Rubis abweisende Haltung Dunya gegenüber bleibt anfangs bestehen, während ich bei Flits schon gewisse Zweifel sehe: «Ich muss zwar ein Auge auf sie halten, aber vielleicht ist sie doch ganz nett zum Spielen. Schnell genug ist sie ja...»

Allerdings nimmt Flits es entschieden übel, wenn Dunya an sein Spielzeug kommt. Er hat ja nun wirklich genug davon, aber sobald Dunya ein Spielzeug packen will, reagiert er sauer und nimmt es ihr weg. Ich lasse den Dingen ihren Lauf, da sie sich meist von selbst regeln, und das war auch zwischen Rubis, Flits und Dunya der Fall.

Schon nach einigen Tagen hatten Flits und Dunya einen Konsensus über ihren Schlafplatz tagsüber erreicht: das Hundekissen, das neben Flits' Körbchen lag und das ich für ihn genäht hatte, weil die Katzen immer in seinem Korb lagen.

Dunya hat sich sehr schnell an ihr neues Leben gewöhnt, wobei sie allerdings mit den Hausregeln ihre Probleme hatte. Für mich stellte ihre Erziehung fast eine Vollzeitbeschäftigung dar.

Ich merkte gleich, dass Dunya das «Nein!» von Spanien her kannte. Da sie noch in der Phase des Auskundschaftens war, hörte sie dieses Wort natürlich recht häufig. Ich mag's nun mal nicht, wenn meine mühsam überwinterten Geranien aufgefressen werden, um nur ein Beispiel zu nennen. Und obwohl es rührend aussah, dass Dunya mit ihren langen Beinen schon die Anrichte erreichen konnte, um das Katzenfutter zu stehlen, musste ich ihr das doch abgewöhnen. Oder besser gesagt: *hätte* ich es ihr abgewöhnen *müssen*; denn so ganz geklappt hat das leider nie.

31. Juli 1998: Das Wetter ist umgeschlagen, seit zwei Tagen nichts als Regen. Heute Morgen kam Dunya nass und zitternd vom Spaziergang nach Hause und liegt jetzt, in ihre Decke gekuschelt, auf meinem Bett und schläft.
Sie braucht regelmäßig Ruhe, um alle Eindrücke verarbeiten zu können, denke ich. Aber wenn sie wach ist, dann ist sie auch richtig wach...

In ihren jungen Jahren war Dunya ein goldiger und spontaner Hund, der mit seinen großen Ohren und schelmischem Kopf die Herzen im Sturm eroberte. Aber von Anfang an war auch der Unterschied zwischen einem Podenco und einem "normalen" Hund deutlich. Natürlich müssen auch Welpen anderer Rassen alles noch lernen und wissen nicht, was man darf und was nicht. Aber Dunya war erstaunlich einfallsreich in allem, was sie im und ums Haus ausprobierte.

Ein weiterer Unterschied war Dunyas unglaublicher Charme. Die meisten jungen Hunde rühren einem ans Herz, aber bei Dunya war es mehr als das. Sie war unglaublich „anwesend" und wickelte einen mit ihrem Charme und Humor problemlos ein.

4

Überraschungen

Dunya blieb ihr Leben lang ein Hund, der für Überraschungen sorgte, ein echter Podenco eben. Ich nannte sie oft eine Mischung aus Mensch, Hund und Katze.

Sie verfügte auch über viele für Hunde untypische Eigenschaften – zum Beispiel klaute sie Himbeeren aus meinem Garten und labte sich im Herbst an den Brombeeren im Wald. Rohe Paprika fand sie lecker, und für ein gut gewürztes Reisgericht ließ sie ihr eigenes Futter stehen. Dunya liebte „Menschenessen".

Auch war sie ganz verrückt auf rohe Kartoffeln. Ich wusste damals noch nicht, dass die Schale ungekocht giftig für Hunde ist; zum Glück hat es Dunya nicht geschadet.

Manchmal klaute sie eine Kartoffel aus dem Korb, wenn ich vergessen hatte, die Schranktür zu schließen... und verriet sich dann selbst, indem sie mit ihrer illegalen Beute so schnell durchs Zimmer fegte, dass ich sofort merkte, dass etwas nicht stimmte.

Ab und zu bekam sie auch eine Kartoffel als Belohnung, und für diesen Leckerbissen zog sie alle Register: sich brav hinsetzen, hoch springen, Pfötchen geben, Ohren nach hinten klappen und lachen.

Lediglich meine Idee, sie auf dem Spaziergang mit Kartoffelscheiben zu belohnen, war kein Erfolg. Dunya schaute mich an, als ob sie sich fragte, ob ich noch ganz bei Trost sei. Also kehrte ich reumütig zu den vertrauten Käse- und Wursthäppchen zurück.

Auch rohe Möhren mochte Dunya gern. Irgendwann wurde es zur Gewohnheit, ihr nach jeder Mahlzeit eine rohe Möhre zu geben. Wenn ich es mal vergaß, kam sie zu mir und forderte selbst ihren „Nachtisch" ein.

Wie viele Hunde hatte auch Dunya eine ausgesprochene Vorliebe für... nennen wir es mal Unrat. Auf den Spaziergängen verbrachte sie viel Zeit mit der Suche und dem Verzehr von Schafs-, Hunden- und Pferdeexkrementen.

Ich habe versucht, ihr das abzugewöhnen, indem ich sie mit Leckerchen belohnte, wenn sie die Pferdeäpfel liegen ließ. Aber wenn ich kurz nicht aufpasste, weil ich mit einem der anderen Hunde beschäftigt war, hatte Dunya prompt wieder so ein fieses Ding in der Schnauze.

Wenn sich dazu die Gelegenheit bot, rollte Dunya sich gern ausgiebig in halb verfaultem Fisch. Besonders wenn der Kanal, an dem wir oft spazieren gingen, gerade gesäubert worden war, lag alles Mögliche am Ufer, und Dunya klebte mit der Nase am Boden, um all die herrlichen Gerüche in sich aufzunehmen. Über Geschmack lässt sich ja bekanntlich nicht streiten.

Da Dunya bei mir im Schlafzimmer übernachtete, musste sie jeden Abend nach oben und morgens herunter getragen werden. Ich hatte vor, ihr das Treppensteigen beizubringen, war aber noch nicht dazu gekommen. Eines Tages stand die Dame neben mir – oben! Und schaute mich verschmitzt an: «Schau mal, gut, was?» – Und das war es wirklich.

31. Juli 1998: Ich habe Dunya jetzt, nach nur einer Woche, schon richtig liebgewonnen. Natürlich gibt es auch Unangenehmes, aber sie ist ein reizender Hund mit einem gewissen Charme und einer Sanftmut, wie ich sie von den anderen Hunden nicht kenne.
Unterwürfig, aber auch schlau und oftmals provozierend. Ich kann mir vorstellen, dass wir noch die nötigen Probleme mit ihr bekommen werden, aber auch sehr viel Spaß.

5

Schlafen und Schleppen

Die erste Zeit schlief Dunya bei mir im Bett. Ich fand das ganz gemütlich, und es war auch praktisch, sie bei mir zu haben. Nach ein paar Tagen ließ ich wohl die Schlafzimmertür offen stehen, sodass auch Flits und die Katzen herein konnten.

Aber mein Bett mit Frau Podenco – und manchmal noch mit einer Katze – zu teilen, wurde immer schwieriger. Manchmal wurde ich nachts mit ziemlich steifen und verkrampften Gliedern wach, auf dem Rand des Bettes, während Dunya sich - zufrieden vor sich hin seufzend - mitten im Bett ausstreckte.

Wie schaffte so ein Hund, der nur aus Haut, Knochen und überlangen Beinen zu bestehen schien, es doch, meine achtzig Kilo Lebendgewicht aus dem Bett zu drücken?

Ganz einfach: Erst pflanzte sie sich scheinheilig mit tiefem Seufzer neben mich. Peu à peu legte sie dann stets mehr Gliedmaßen *auf* mich: erst den Kopf, dann die Pfoten, bis sie ganz auf mir lag.

Das wurde mir dann zu schwer, und im Schlaf wich ich diesem lästigen Gewicht anscheinend unbewusst aus, indem ich mich darunter weg schob. Und auf die Art landete ich immer dort, wo Dunya begonnen war: am Rand des Bettes...

Das Problem war nicht einfach zu lösen, denn ich traute mich nicht, sie unten schlafen zu lassen, aus Angst, am nächsten Morgen alles im Hundekorb anzutreffen, was Dunya in ihrer Schnauze transportieren konnte,.

Und diese Angst war durchaus begründet; denn Dunya schleppte alles Mögliche an: Pantoffeln, Feuerzeug, Schuhe, Geschirr- und Putztücher, Fliegenklatsche, Gartengeräte und eine bunte Sammlung von Küchenutensilien. Ihre Schätze nahm sie dann entweder mit in ihren Korb, oder sie brachte sie freudestrahlend zu uns.

31. Juli 1998: Gestern erfreute Dunya Tom mit einer Geranie, die sie aus dem Garten geklaut hatte, komplett mit Topf!

Wenn der Hund später apportieren soll, kann man dieses Verhalten am besten von Anfang an stimulieren. Nur dass Dunya natürlich nicht den Unterschied zwischen meinen Sachen und Hundespielzeug kannte.

Also nahm ich tapfer meine Pantoffeln, Sandalen, Küchentücher, Kugelschreiber und Feuerzeuge entgegen, lehrte sie gleich «Aus!» und gab ihr dann etwas, das sie wohl haben durfte. Und dann war sie natürlich wieder mal brav.

4. Januar 1999: Dunya schleppt eine Dracaena an, die sie beim Spaziergang in den Sträuchern gefunden hat, komplett mit Topf. Anscheinend hat jemand auf diese Art eine unerwünschte Zimmerpflanze entsorgt.

Die Dracaena hat jetzt einen schönen Platz auf meiner Fensterbank. Danke, Dunya.

Abgesehen von dieser Angewohnheit, klaute sie auch allerlei Sachen von der Anrichte. Es wurde also höchste Zeit für die nächste Lektion. Weil Dunya so schlau war, musste ich auch schlau sein und dachte mir Folgendes aus:

Das Geschirrtuch wurde recht verlockend über den Rand der Anrichte gelegt. Darauf stellte ich eine leere Dose Katzenfutter, zur Hälfte mit Wasser gefüllt.

Wie immer, wenn ich in der Küche beschäftigt bin, saß Dunya auch jetzt hinter mir, in der stillen Hoffnung, dass etwas für sie „abfällt". So ganz von ungefähr lief ich dann aus der Küche und harrte der Dinge, die bestimmt kommen würden. Ich brauchte nicht lange zu warten, da hörte ich einen Heidenlärm aus der Küche, und ein sehr nasses und verstörtes Hündchen kam ins Zimmer gerannt.

1 : 0 für mich.

Vorsichtshalber ließ ich diese Konstruktion auf der Anrichte stehen, dazu noch ein paar zusammengebundene Löffel, die klirren auch so schön auf den Küchenfliesen, wenn sie herunterfallen.

Zwei Tage geschah nichts, und ich gratulierte mir schon zu meiner guten Idee. Etwas voreilig, wie sich am dritten Tag herausstellte. Ich hatte nämlich Dunyas Kreativität gründlich unterschätzt.

Die leere Dose hatte ich inzwischen weggeworfen, darum stellte ich eine neue hin, die ich allerdings - was ich erst später merkte - nicht ganz sauber ausgewaschen hatte. Ich verließ die Küche und spähte aus sicherem Versteck zu Dunya, die sich der Anrichte näherte. Sie packte jedoch nicht ohne Weiteres das Geschirrtuch; anscheinend hatte sie von ihrer letzten Erfahrung etwas gelernt.

Mit ihren langen Vorderläufen auf der Anrichte, sah sie sich die ganze Sache erst mal genau an, dann packte sie sehr vorsichtig mit den Zähnen die Dose, stolzierte damit in den Garten, wo sie die Dose ausleerte und dann in aller Ruhe anfing, den Rest Katzenfutter heraus zu schlecken.

Ich fand es unglaublich, wie viel Intelligenz in dem kleinen Hundekopf steckte. Wenn ich es nicht mit eigenen Augen gesehen hätte, würde ich es nicht glauben. Das Lernen des von mir erwünschten Verhaltens ging leider nicht so flott vonstatten...

Als ich eines schönen Sommertages auf der Terrasse saß und die Sonne genoss, drang ein bekanntes Geräusch aus der Küche zu mir: das Schieben des Fressnapfes der Katzen über den Fliesenboden. Übung macht den Meister, also konnte ich an der Art des Schiebens schon hören, dass es keine Katze war, sondern Dunya, die wieder mal auf illegale Art und Weise ihr Menü aufbesserte.

Als ich in die Küche kam, war natürlich niemand mehr da. Mein schlaues Mädchen hatte schon längst Reißaus genommen, als sie hörte, dass ich meinen Terrassenstuhl zurück schob, und ich sah sie gerade noch blitzschnell in ihrem neuen Zimmerzwinger verschwinden.

Sie legte sich hin und sah mich mit liebenswertem Blick an: «Jaaaa? Suchst du mich? Ich liege hier schon seit Stunden!...»

Sie wusste nur zu gut, dass sie immer belohnt wird, wenn sie den Zimmerzwinger aufsucht, weil ich erst vor kurzem mit dem Training angefangen hatte.

Gegen besseres Wissen musste ich laut lachen. Was für Dunya natürlich das Zeichen war, den Rest ihres Clown-Repertoires zum Besten zu geben: ein zögerndes Wedeln, Ohren in den Nacken, ein schüchternes Lächeln (nein, wirklich, das konnte sie!) und als sie dann meine Reaktion gepeilt und richtig eingeschätzt hatte, die Finale: Sie beugte die Vorderbeine, zeigte mir ein breites Lachen und sprang schließlich ganz glücklich und begeistert an mir hoch: «Es ist gut, nicht? Wir sind doch Kumpel?!»

Trotz allem, was Dunya sich in ihrem Leben geleistet hat, habe ich nie diesem Brocken gebündelten Charmes widerstehen können.

29. Juli 1998: Ab und zu sitzt Dunya etwas von mir und den anderen Hunden entfernt, schaut um sich und fängt an zu heulen.
Ich denke, dass sie dann Heimweh nach dem fernen Spanien hat, nach den Menschen der Podenco Aid Foundation und ihren vertrauten Hundefreunden. Aber wir bemühen uns, sie so gut wie möglich aufzufangen.

6

Nacht(un)ruhe

Das Schlafen in meinem Bett ging irgendwann nicht mehr. Je größer Dunya wurde, desto kleiner der Platz, der für mich übrig blieb. Außerdem schlief sie leider nicht am Fußende, sondern neben mir, über die gesamte Länge des Bettes – Dunya konnte sich sehr lang ausstrecken – , Rücken zur Wand, und stach mit ihren spitzen Pfoten in meinen Rücken.

21. September 1998: Wenn ich mir die ersten Fotos von Dunya anschaue, dann fällt auf, wie klein ihre Ohren geworden sind. Anders gesagt: Was ist sie gewachsen!

Nach einigen Monaten mit drei oder vier Stunden Schlaf pro Nacht habe ich darum den Entschluss gefasst, Dunya aus meinem Bett zu verbannen. Ich hatte eine sehr angenehme Alternative geschaffen: eine schöne dicke Matratze mit - nach Wunsch - Kopfkissen und Decke.

Meist akzeptierte Dunya das auch; aber manchmal versuchte sie, mein Bett zurückzuerobern. Sie ging dann kurz vor mir nach oben, und wenn ich ins Schlafzimmer kam, schlief sie – zumindest wollte sie den Anschein wecken – bereits tief und fest... natürlich auf meinem Bett.

Wenn wir gemeinsam ins Zimmer kamen, blieb sie manchmal stehen, schaute erst zu *meinem* Bett, dann zu *ihrem* Bett, dann zu mir mit der eindringlichen Frage, ob ich heute Nacht nicht vielleicht ausnahmsweise mal auf ihrer Matratze...?

Nein. Mit einem tiefen Seufzer über soviel Unverständnis, Unfreundlichkeit gegenüber Tieren und überhaupt... legte sie sich dann auf ihr eigenes Bett und ließ sich zudecken.

Im Winter deckte ich Dunya mit einer Decke aus selbst gesponnener Schafwolle zu, die ich für sie gestrickt hatte. Sogar ihren Namen hatte ich eingestrickt. Diese Decke habe ich noch immer. Bisher habe ich es nicht fertiggebracht, sie für einen anderen Hund zu gebrauchen.

Meiner Vorliebe fürs Schlafen bei offenem Fenster, auch im Winter, stand Dunya recht kritisch gegenüber. Das machte sie mir auch unmiss-verständlich deutlich, indem sie sich eines Abends schlicht und einfach weigerte, mit nach oben zu gehen.

Am nächsten Abend habe ich die Heizung im Schlafzimmer eingeschaltet und Dunyas Decke darauf gelegt. Als wir nach oben kamen, war es angenehm warm, und dann wurde sie auch noch mit der vorgewärmten Decke zugedeckt. Man sah ihr an, wie sie das genoss!

Aber es herrschte nicht immer Frieden im Schlaf-zimmer. Manchmal konnte Dunya auf einmal für mich völlig unerklärliches Verhalten zeigen, wie an dem Abend, als sie brav mit nach oben ging, dann auf mein Bett sprang und dort eine Riesenpfütze hinlegte! Meine dicke Wolldecke war nass, mein Deckbett, Betttuch… einfach alles.

Ich habe keine Ahnung, warum sie das gemacht hat. Lange Zeit ist sie „unsauber" gewesen, bis bei mir endlich der Groschen gefallen war und ich verstanden hatte, dass ihre „Unsauberkeit" lediglich ein Versuch war, Aufmerksamkeit zu erzwingen. Seitdem hatte ich dieses Verhalten ignoriert, und Dunya war stubenrein.

Warum sie nun plötzlich in dieses Verhalten zurückfiel, konnte ich mir nicht erklären.

Einige Jahre später kaufte ich ein Einzelbett, das Dunya sich mit Bonita teilen durfte, einer fünf-jährigen Greyhoundhündin von der Rennbahn in Barcelona, die ich nach Rubis' Tod aufgenommen hatte.

Als Bonita zu alt wurde zum Treppensteigen, zogen die beiden Damen wieder um nach unten und schliefen fortan im Wohnzimmer. Da Dunya inzwischen nichts mehr kaputtmachte, ging das gut. Ich konnte sie also problemlos nachts im Wohn-zimmer lassen, wobei ich natürlich aufpassen musste, dass keine Esswaren innerhalb des Podencobereiches standen… und der war immer noch recht groß.

7

Es lebe die Freiheit!

Ein stets wiederkehrendes Problem war Dunyas Weglaufen während der Spaziergänge, ein Problem, mit dem ich mich etwa vierzehn Jahre herumschlagen sollte … was ich anfangs zum Glück noch nicht wusste. Die Abenteuer, die Dunyas Weglaufen ihr – und uns! – bescherten, liefen wie ein roter Faden durch unser ganzes gemeinsames Leben. Wie oft haben Tom oder ich nicht Stunde um Stunde auf Dunya gewartet, den Spaziergang wiederholt, Flits auf die Suche nach ihr geschickt, im Winter in Eiseskälte im Auto gezittert.

Im Nachhinein ist man immer schlauer, und wahrscheinlich habe ich Dunya viel zu früh von der Leine gelassen, während ich den Rückruf noch nicht (gut genug) eingeübt hatte. Dennoch frage ich mich, ob ich es geschafft hätte, Dunya zuverlässig auf den Rückruf reagieren zu lassen, wenn ich früher mit der Ausbildung angefangen oder eine andere Art der Ausbildung gewählt hätte. Sie war nun mal ein Freigeist.

Dunya lief oft an einer zwanzig Meter langen Leine. Nachdem sie ungefähr eine Woche bei mir wohnte, haben wir ihren Spielraum erweitert, indem wir ab und zu auf einer großen Heidefläche oder am Strand die Leine los ließen, sodass sie mit den anderen Hunden rennen und spielen konnte. Sie hat es so genossen, über den Sand zu fliegen, und für uns war das Zuschauen auch eine Freude.

An Dunyas ersten Freilauf kann ich mich noch gut erinnern. Ich hatte sie damals gerade mal zwei Wochen. Es war in einem Wald, und ich ging davon aus, dass sie nicht weit weg laufen würde, da die meisten jungen Hunde Angst haben, ihren Menschen aus den Augen zu verlieren.

Damit hatte Dunya aber absolut keine Probleme. Kaum von der Leine, haute sie ab und blieb ein paar Minuten weg. Beim nächsten Mal waren es bereits zwanzig Minuten.

Danach wechselte ich den Freilauf mit dem Laufen an der Leine ab. Dunya blieb nie wirklich lange weg, aber die zwanzig Minuten wurden zu einer halben Stunde und auch mal zu einer Stunde. Ohne dass ich es in dem Moment realisierte, hatte die negative Spirale des Weglaufens also schon begonnen.

21. September 1998: Am See habe ich Dunya an der Schleppleine frei laufen lassen. Es waren sieben Labradors dort, und ich dachte, das wird wohl gut gehen.
Ging es nicht. Nach einer Viertelstunde verschwand Dunya im Wald. Ich habe einmal erfolglos gepfiffen. Nach einer weiteren Viertelstunde kam sie freiwillig zurück, müde, aber strahlend und zufrieden.
Ab und zu lasse ich sie im Wald ganz ohne Leine laufen, weil ich Angst habe, die Leine könnte sich hinter den Bäumen und Sträuchern verheddern. Sie reagiert dann im Allgemeinen gut auf mein

«Nein!» und auch auf «Bei mir bleiben!»*. *Aber sobald sie etwas sieht oder riecht, ist sie weg und jeder Kontakt zu ihr unmöglich. Wir laufen dann weiter, und nach ein paar Minuten bis zu einer Viertelstunde schließt sie sich wieder bei uns an.*

Wenn wir nicht mit dem Auto unterwegs waren, sondern von zuhause aus spazieren gingen, kam Dunya zu der Stelle zurück, an der sie abgehauen war... wenn es nicht zu lange dauerte und wir noch da waren.

Ansonsten lief sie selbständig nach Hause zurück, vor allem in den ersten Jahren, in denen hier im Dorf noch viel weniger Verkehr war. Schon bald kannte sie den Weg. Man konnte sich nie sicher sein, wann Dunya zurückkommen würde. Aber irgendwann stand sie dann vor der Haustür oder vorm Gartentor.

5. September 1998: Dunya ist heute Morgen zum ersten Mal vom Spaziergang allein nach Hause zurückgekommen. Ich konnte sie nirgends mehr finden und ging schließlich nach Hause. Nach einer Stunde kam sie auch dort an.

Die Begrüßung beim Wiedersehen war immer überwältigend; ihr ganzer Leib wedelte und wand sich, dass man ihr trotz allem nicht böse sein konnte.

* Das Kommando bedeutet, dass sie nicht unbedingt "bei Fuß" gehen muss, aber doch in einem Durchmesser von zwei Metern in meiner Nähe bleiben sollte.

8. Dezember 1998: Die letzten Tage lassen wir Dunya in den Feldern außerhalb des Dorfes frei laufen, weil Schnee liegt. Sie kommt immer selbst nach Hause, nach fünf Minuten oder zwei Stunden, das weiß man nie.

Waren wir mit dem Auto unterwegs, kam Dunya meist zum Parkplatz zurück. War das Auto nicht da, weil wir zwischenzeitlich weggefahren waren, wartete sie dort auf uns, oder sie kam aus dem Wald geschossen, sobald sie das Auto hörte. Aber einige Male schlug sie auch selbst den Weg nach Hause ein und wurde dann von Bekannten, dem Förster oder jemand anderem zum Tierarzt, ins Tierheim oder nach Hause gebracht.

28. Oktober 1998: Auf einem Waldspaziergang ging es anfangs recht gut; Dunya blieb in der Nähe oder kam, wenn ich sie rief. Belohnen und wieder "frei" geben.
Mit uns gemeinsam kam sie beim Auto an, aber dann drehte sie sich plötzlich um und rannte in den Wald zurück. Nachdem ich anderthalb Stunden gewartet hatte, bin ich nach Hause gefahren, natürlich in der Absicht, kurze Zeit später zurückzukommen.
Als ich gerade zu Hause war, klingelten mir unbekannte Menschen an der Haustür und brachten mir Dunya. Was war geschehen? Die Leute hatten Dunya auf dem Radweg in Richtung unseres Dorfes laufen sehen – zu der Zeit wartete ich noch auf dem Parkplatz! Die Frau erkannte sie, und sie fuhren hinter Dunya her,

die inzwischen wieder auf den Parkplatz zurück-
gekehrt war. Wir hatten uns wahrscheinlich nur
knapp verfehlt.
Da stand sie, winselte und heulte, den Kopf gen
Himmel gehoben. Auf das Rufen der Frau kam sie
zwar, aber im Auto fing sie erneut an zu heulen.
Erst als sie in die Nähe unserer Straße kam,
wurde sie wieder ruhig.
Am nächsten Tag bin ich absichtlich noch einmal
in diesen Wald gefahren und habe Dunya frei
laufen lassen. Ob sie wohl etwas von dem
gestrigen Stress gelernt hatte?
Weit gefehlt. Zwei Stunden habe ich im eiskalten
Auto zugebracht. Dann kam sie an, fröhlich wie
immer, pechschwarz von Kopf bis Pfote.

Als Dunya zwei Jahre alt war und während des Spaziergangs abgehauen war, wurde sie Stunden später – es war bereits Abend – im nächsten Dorf von einer Dame gefunden. Diese hatte zwar den Eindruck, dass Dunya sich verlaufen hatte, wusste aber nicht recht, was sie nun mit ihr anfangen sollte.

Über Freunde, denen die Hundewelt etwas vertrauter war, landete Dunya schließlich beim Tierarzt, der sie sofort erkannte und mich anrief. Diese Freunde der Dame waren ganz vernarrt in Dunya. Sie fanden sie „so einen Schatz". Ja, ja…

Um viertel vor Acht war sie wieder sicher zu Hause. Die Begrüßung fiel weniger euphorisch aus, als man erwarten sollte, als sei sie nur zehn Minuten weg gewesen. Anscheinend hat ihr das Abenteuer ganz gut gefallen, denn die Leute waren nett, den

Tierarzt kannte sie auch, also wozu stressen? Das überließ sie lieber ihrem Menschen. Und wo ihr Abendessen bliebe?! Ach, ein paar graue Haare mehr oder weniger fallen bei mir nicht auf.

Einmal, als Dunya wieder mal "weg" war, fuhr ich nach Hause, um mich kurz aufzuwärmen und dann zurückzukommen. Aber dieses Mal kamen Spaziergänger vorbei, die mit zweifellos guten Absichten die Försterin informierten und ihr erzählten, Dunya streune dort schon wochenlang herum.

Wie sie auf die Idee kamen, bleibt ein Rätsel. Vielleicht hatten sie Dunya dort schon mal gesehen – wir liefen ja regelmäßig diese Strecke – und dachten, dass sie dort *immer noch* herum lief und nicht *schon wieder*. Die Försterin hat Dunya ins Tierheim gebracht.

Und da saß sie dann, meine spanische Schönheit. Im Zwinger, hinter Gittern. Was hat sie sich gefreut, mich zu sehen! Sowie sie meine Stimme hörte, fing sie an zu heulen, noch bevor sie mich sehen konnte. Und sobald die Zwingertür auf ging, sprang sie mich glücklich an und zerrte mich Richtung Ausgang.

Zuhause hat sie sehr unruhig geschlafen und geträumt, gewinselt, gebellt und mit den Pfoten geschlagen. Wahrscheinlich hat sie diesen Tag in ihren Träumen noch einmal durchlebt.

Leider hat sie auch von diesem Abenteuer nichts gelernt. Obwohl, das hängt vom Blickwinkel ab. Sie hat zwar nicht gelernt, dass es unangenehme Folgen hat, wenn sie nicht bei mir bleibt. Aber vielleicht hat sie ja gelernt, dass sie – was auch passiert – immer irgendwie zu mir zurückkommt...

3. März 1999: Heute habe ich Dunya frei laufen lassen. Nach einstündigem Spaziergang bin ich zum Einkaufen gefahren und habe eine Leine als Erkennungszeichen zurückgelassen.
Als ich wieder kam, sah ich eine Frau mit Dunya an der Leine. Sie hatte sie auf dem Parkplatz herumlungern sehen und wollte sie mit auf ihren Spaziergang nehmen. Danach hätte sie Dunya mit zu sich nach Hause genommen und mich angerufen (Dunya hatte ihre Telefonnummer am Geschirr). Als die Frau Dunya los ließ, kam sie wie ein Pfeil zu mir geschossen. Dennoch habe ich sie zur Sicherheit angeleint. Bei Dunya weiß man ja nie.

Ein anderes Mal hatte sie sich von der Leine los gerissen und war wieder mal stundenlang selbständig auf Achse. Ich suchte die Umgebung ab; aber Dunya war ins nächste Dorf gelaufen, zu einem Café, in dem wir regelmäßig einkehren. Da ich nicht dort war, lief sie weiter nach Hause... mitten auf der Straße. Passanten konnten sie zwar soweit bringen, auf dem Fahrradweg zu laufen, was immerhin etwas sicherer war, aber greifen ließ sie sich nicht.

Nach guten sechs Stunden kam sie nach Hause. Ich war immer noch auf der Suche nach ihr, aber meine Nachbarin ließ sie in den Garten, und eine halbe Stunde später kam ich dann auch nach Hause.

Dieses Café hat Dunya des Öfteren selbständig aufgesucht. Als ich wieder mal sechs Stunden auf sie hatte warten müssen – sie war wenigstens zurück zum Auto gekommen - , übernahm Tom am nächsten Tag den Spaziergang. Er fuhr mit den Hunden an eine Stelle, an der Dunya noch nie frei gelaufen war, in der Hoffnung, dass sie auf unbekanntem Gelände vielleicht eher zurückkehren würde. In der Nähe waren keine Straßen, nur Wald und Felder, es erschien also sicher genug.

Zuerst schoss Dunya in zwanzig Sekunden den Weg herunter, zu dem Tom mit den anderen Hunden eine halbe Stunde brauchte. Als sie damit fertig war, rannte sie in die Felder, um alle interessanten Gerüche aufzunehmen. Die Felder auf der anderen Seite des Weges wurden auch noch unter die Lupe genommen, und vielleicht konnte sie noch ganz kurz in dem Wald vorbeischauen, der hinter den Feldern lag?

Als Felder und Wald keine nennenswerten Geruchsgeheimnisse mehr vor ihr bargen, wollte Dunya wahrscheinlich zurück zum Auto. Aber zum ersten Mal in ihrem Leben hatte sie sich verlaufen.

Was in dem Podencokopf vor sich ging, konnte man nur erraten, aber ich denke, dass sie irgendwann bekannte Gerüche in die Nase bekam, die sie in die Nähe des bewussten Cafés führten. Sie setzte sich vor die Tür und ließ ein ohrenbetäubendes Heulen hören, wurde sogleich eingelassen und bekam sogar noch einen Kauknochen.

Auch beim Betrieb eines Steinhauers außerhalb des Dorfes, wo Dunya einmal „gelandet" war, haben wir sie abholen können, weil wir gleich von ihm benachrichtigt wurden. Durch ihr Weglaufen war Dunya eben bekannt wie der sprichwörtliche bunte Hund...

8

Erfolgserlebnisse

Zwischendurch gab es auch Spaziergänge, auf denen es prima ging mit dem Freilauf und Dunya meinem Rückruf folgte. Ich hoffte, dass diese positive Entwicklung sich fortsetzen würde. Aber diese Erfolge blieben leider zeitweilig. Meist haute sie doch so einmal am Tag ab.

14. August 1998: Es scheint besser zu gehen. Dunya bleibt mehr bei den anderen Hunden, und wir achten darauf, sie zeitig zurückzurufen. Sie hat so unglaublich viel Energie, und drei Stunden täglich an der Leine sind eindeutig zu wenig für sie.
Bei zwei Spaziergängen von einer guten Stunde, wobei sie ihren Freilauf bekommt, ist sie abends ruhiger.

Ein Beispiel für so einen Spaziergang, der prima verlaufen ist: Ich beginne beim Parkplatz mit den drei Hunden an der Leine, bis wir im Wald sind. Langsam aufbauen, also Leinen los, aber Dunya mit dem Kommando "bei mir bleiben".
Auf der großen Heidefläche nehme ich all meinen Mut zusammen und gebe den Hunden „frei". Welch wunderbares Schauspiel! Wie aus der Pistole geschossen flitzen alle drei Hunde über die Heide, rennen hinter einander her und drehen ihre Runden.

Wirklich ein Genuss um zuzuschauen. Ich probiere meine nagelneue Hundepfeife aus, und tatsächlich: alle Hunde kommen zu mir und werden natürlich belohnt! Wieder „frei".

Sogar als sie kurz darauf alle drei im Wald verschwinden, kommen sie auf mein Pfeifen sofort zurück. Nicht nur Rubis und Flits, sondern auch Dunya.

Den Rest des Spaziergangs bleiben die Hunde in meiner Nähe und laufen ganz gesittet zu dritt neben mir, ein Vorbild guter Erziehung. Ohne Kommando, einfach so. Zugabe.

Dunyas Energie schien unbegrenzt. In der Zeit war ich einige Stunden täglich mit den Hunden unterwegs, aber während Rubis und Flits nach einer Weile müde wurden, konnte Dunya noch Stunden laufen. Da sie ein Podenco war, ist das an sich nicht erstaunlich, aber es war für mich nicht immer leicht, die verschiedenen Wünsche und Bedürfnisse der drei Hunde unter einen Hut zu bekommen, von meinen eigenen Bedürfnissen gar nicht zu reden.

28. September 1998: Vor ein paar Tagen habe ich Dunya frei gelassen, um mit einem anderen Hund zu spielen. Das ging gut. Sie rannten umeinander herum; Dunya sprang sogar über den anderen Hund drüber. Nach ein paar Minuten haben wir die Hunde wieder angeleint, als sie gerade „vorbei kamen".

Ein Jahr später: ein wunderbarer Ausflug, den wir mit Spielen am See beginnen. Dunya rast mit einem geschätzten Tempo von fünfzig Stundenkilometern ihre Runden, kriegt aber stets rechtzeitig die Kurve und kommt zurück.

Es folgt ein Spaziergang von sechs Kilometern, auf dem ich mich auch noch verlaufe, sodass Dunyas Freilauf unfreiwillig auf zwei Stunden erweitert wird – was sie in vollen Zügen genießt. Ich glaube, dass wir durch eine wunderschöne Landschaft mit viel abwechslungsreicher Natur liefen, aber das Meiste davon ist mir entgangen, da ich sehr auf Dunya achten musste.

Anschließend noch mal zum See. Wieder spielt Dunya mit Rubis und Flits; sie kann nie genug bekommen und rennt und rennt und rennt.

Nachdem sie auch noch eine Runde geschwommen hat, finde ich, dass wir nach drei Stunden Kaffee verdient haben und lasse mich mit den Hunden auf einer Caféterrasse nieder. Sogar Dunya legt sich jetzt zufrieden seufzend hin, ohne zu winseln oder meine Nerven anderweitig zu strapazieren.

Eine Pause von einer Stunde ist für sie allerdings schon wieder ausreichend, um gespannt neuen Abenteuern entgegenzufiebern – wir anderen brauchen etwas länger zum Ausruhen.

Ein paar Wochen später bin ich mit den Hunden im Auto unterwegs zum Wald, wobei Dunya die Fahrt mit der herzzerreißenden Klage eines verkannten Podencos untermalt (ich schalte das Radio wieder aus).

Sie will sich lösen und rennen, am liebsten in dieser Reihenfolge, und bitte schnell. Was kann eine

Fahrt von zehn Minuten lange dauern...

Im Wald angekommen, genieße ich die Stille, die ich leider selbst alle paar Minuten unterbrechen muss, um Dunya zu rufen. Aber es sieht toll aus, wenn sie jedes Mal in mörderischem Tempo zu mir gerannt kommt, wenn ich sie rufe, und mit fast quietschenden Pfoten wie ein Rennfahrer in die Kurve fliegt und wieder fort rennt – und das wiederholt sich dann ständig. Ach, wenigstens macht es sie müde, denke ich.

Auch dieses Mal ist sie nicht wirklich abgehauen, und wir haben alle zusammen den Spaziergang genießen können.

Ich bin nie dahinter gekommen, warum es manchmal so gut ging und manchmal überhaupt nicht. Sicherlich hing es von den Gerüchen ab, die Dunya gerade in die Nase bekam; aber ich denke auch davon, wie sie an dem Tag gerade drauf war...

9

Erziehung

5. September 1998, Zwischenstand: Heute Mittag verschwand Dunya auch wieder während des Spazierganges, aber Tom ist mit dem Rad hinterher und hat sie gefunden.
Die letzte Zeit hatte ich den Eindruck, dass es besser ging; Dunya kam zwar nicht zu der Stelle zurück, an der sie abgehauen war, aber schloss sich im Laufe des Spaziergang wieder bei uns an. Dagegen ging der Rückruf die letzte Zeit schlechter. Auch auf relativ kurzem Abstand von zwanzig Metern reagierte sie oft nicht.
Auf die Art macht es wirklich keinen Spaß. In Zukunft also wieder einen Schritt zurück und Dunya an die Schleppleine?

Trotz der zeitweiligen Erfolge fand ich es an der Zeit, Dunyas Ausbildung strukturierter anzugehen, um nicht mehr alles dem Zufall zu überlassen.

Ich habe mich mit der Podenco Aid Foundation darüber beraten. Mir tat es leid, dass Dunya während dieser Ausbildungszeit natürlich nie frei würde laufen dürfen, um die eventuellen Erfolge nicht durch Weglaufen zunichte zu machen. Aber die PAF meinte, Dunya könne besser einige Wochen oder Monate an der Schleppleine laufen und danach den sicheren und regelmäßigen Freilauf genießen, als weiterhin weg zu laufen, wodurch Freilauf auf Dauer unmöglich würde. Damit hatten sie natürlich Recht.

Ich fing zuhause mit der Ausbildung an. Ich rief Dunya zu mir und belohnte sie, wenn sie kam. Das ging perfekt, auch wenn ich im anderen Zimmer war und Dunya mich also nicht sehen konnte.

Ich kaufte einige Wäscheleinen, die ich aneinander knotete. Der Vorteil von Wäscheleinen ist ihr geringes Gewicht, und Dunya sollte ja den Unterschied nicht merken, ob sie an der (langen) Leine war oder nicht. Bei der Ausbildung fiel mir nämlich auf, dass sie meist an der Leine recht gut gehorchte, nicht aber wenn sie merkte, dass sie nicht angeleint war.

Die Erziehungsmethode, derer ich mich bediente, kann ich heute nicht mehr unterschreiben. Aber damals wusste ich noch nicht, was ich heute weiß. Wenn ich Dunya rief – das tat ich nur, wenn ich die Schleppleine in der Hand hatte – kam sie fast immer sofort zurück und bekam eine Belohnung. Wenn sie nicht kam, habe ich sie korrigiert. Sie schaute sich dann nach mir um und kam dann auch. «Oh ja, ich muss kommen; hatte ich vergessen…». Oder ich holte sie an der langen Leine buchstäblich ein, um sie so zu zwingen, meinem Rufen zu gehorchen.

Ließ ich die Leine schleppen, rief ich sie nicht, um ihr nicht die Gelegenheit zu geben, mein Rufen zu ignorieren.

Nein, heute erstaunt es mich überhaupt nicht, dass es auf die Art nicht geklappt hat. Aber wie gesagt, es war eine andere Zeit.

Leider entpuppten sich die Wäscheleinen schon bald als nicht stark genug für meinen Wirbelwind. Als Dunya ein Kaninchen sah, hatte sie innerhalb von Sekunden das Ende der Leinen erreicht… und war weg; denn die Leinen waren gerissen. Das war ja nun nicht der Zweck der Sache. Gerade für diese Situation waren die Leinen wichtig, sodass sie daran gehindert wurde, hinter Wild herzujagen. Die Wäscheleinen konnte ich also vergessen.

Also zurück zur normalen zehn Meter langen Schleppleine. An dieser Leine gehorchte Dunya perfekt, als hätte sie neue Bremsbelege unter den Pfoten. Sowohl das «Nein» als das «Zurück» und «Komm!» waren kein Problem.

Das Training zu zweit, wobei wir Dunya zwischen uns hin und her riefen, verlief auf kurzem Abstand zufriedenstellend. Aber sobald wir den Abstand auf zwanzig bis dreißig Metern vergrößerten – wir ließen die Leine dann auf geradem Weg schleppen – klappte das nur selten.

Einige Monate habe ich versucht, mit Dunya auf diese Weise zu arbeiten. Aber der Erfolg blieb aus.

23. September 1998: Es ist wirklich schwierig. Dunya weiß ganz genau, wann sie an der Leine ist und gehorcht dann perfekt, aber sobald die Leine ab ist, ist nichts mehr mit ihr anzufangen. Ich habe deshalb den Eindruck, dass ich noch Monate weitermachen kann mit der Ausbildung und dass sie, einmal von der Leine, doch wieder ihre eigenen Wege geht.
Seltsamerweise scheint sie ein Einzelgänger zu sein und wenig Zusammengehörigkeitsgefühl mit

den anderen Hunden zu haben; für einen Podenco eher untypisch, da die Hunde gewöhnt sind, in der Gruppe zu jagen. Aber auch wenn Dunya zusammen mit meinen anderen Hunden in den Wald läuft, kommt sie nicht mit ihnen zurück.

Ich probiere weiterhin alles Mögliche aus, um zu erreichen, dass Dunya zuverlässiger meinem Rückruf Folge leistet. Auch betrachte ich immer wieder kritisch meine Art der Ausbildung und überlege mir, was ich falsch mache und verbessern kann.

So rief ich Dunya früher zum Beispiel recht schnell, nachdem ich ihr „frei" gegeben hatte. Jetzt lasse ich sie erst eine Weile rennen, bevor ich rufe, und sie gehorcht dadurch besser.

Anfangs griff ich die Schleppleine, sobald Dunya das erste Mal nicht auf mein Rufen reagierte. Jetzt nehme ich die Leine – wenn ich dazu die Gelegenheit bekomme – auf, nachdem der Rückruf einige Male gut geklappt hat, um die Ausbildungs-einheiten positiv abzuschließen.

Auch in den darauf folgenden Jahren unternahm ich immer wieder neue Erziehungsversuche. Ich ließ Dunya eine Weile jeden Tag frei laufen in der Hoffnung, dass sie dadurch weniger Grund hätte, immer so lange weg zu bleiben. Ich lobte und belohnte sie jedes Mal, wenn sie zurückkam, auch wenn das erst nach zig Stunden geschah, und ich probierte sogar Strafe aus, wenn sie abgehauen war. Geholfen hat all das kaum; darauf komme ich später noch zurück.

10

Die Hundeschule

Es wurde langsam Zeit. Im September 1998 – sie war zwei Monate bei mir – meldete ich mich mit Dunya bei einer Hundeschule an.

Nach der Theorie folgte die Praxis des Basiskurses: Der Hund lernte – oder sollte lernen –, nicht an der Leine zu ziehen, sitzen, kommen mit vorsitzen, stehen; sein Mensch lernte – oder sollte lernen –, die Aufmerksamkeit des Hundes zu erlangen und festzuhalten. Kurz: die üblichen Dinge, die man bei einer durchschnittlichen Hundeschule lernt, die aber absolut nicht interessant für einen Podenco sind.

Wie nicht anders zu erwarten, zollte Dunya mir wenig Aufmerksamkeit und schnüffelte lieber pausenlos im Gras. Dennoch stand die Leine selten stramm, anscheinend beobachtete sie mich doch aus den Augenwinkeln heraus.

Die dritte Unterrichtsstunde bestand aus einem Waldspaziergang, bei dem die Hunde frei liefen. Na, das konnte ja heiter werden mit Dunya. Aber mein Mädchen überraschte mich wieder einmal.

Gleich zu Anfang wurde sie von einem anderen Hund ziemlich angerempelt, kam winselnd zu mir, und ich bestärkte ihr Verhalten, indem ich sie tröstete und ihr was Leckeres gab. Das hatte zur Folge, dass sie während des gesamten Spaziergangs von einer halben Stunde – zum Schluss wurde es sogar schon dunkel – in meiner Nähe blieb oder aber, wenn sie mal vor oder hinter mir lief, zwischen den anderen Menschen suchend herumirrte und mich glücklich ansprang, sobald sie mich gefunden hatte. Sie freute sich sichtlich, dass ich noch da war.

Einmal verschwand sie in den Sträuchern und war außer Sichtweite. Aber als ich sie rief, kam sie sofort strahlend angelaufen.

Ich muss noch viel über Podencos lernen. Soll ich jetzt auf allen Spaziergängen zwanzig Hunde mitnehmen? Nun ja, wenn's denn hilft...

Weiter geht's mit Betasten des Hundes durch einen Fremden, an anderen Hunden vorbei laufen, dem „Kommen". Der Hund wird festgehalten, sein Mensch rennt weg und ruft ihn dann auf zehn Metern Abstand. Da die Umgebung in dem Moment anscheinend nichts Interessantes zu bieten hat, klappt das Kommen hervorragend.

Wir machen den Anfang mit dem „bei Fuß laufen", und es erstaunt mich schon nicht mehr, dass Dunya auch das gut macht. Was das Weglaufen auf den Spaziergängen betrifft, ist der Hundetrainer überzeugt: «Windhund, kannste vergessen!».

Nicht sehr ermutigend.

30. September 1998: Ich bin irritiert, weil Dunya an der Leine zieht und noch so einiges nicht so läuft, wie ich das will. Mit ihr zu arbeiten, ist auch lästig mit den beiden anderen Hunden dabei.

Leider habe ich auch viel zu wenig Geduld, meckere zu schnell, wenn's nicht gut geht, zum

Beispiel von „Platz" zum „Sitz". Damit erreiche ich natürlich nur das Gegenteil, denn sie wird ängstlich, macht sich so klein wie möglich und erhebt sich also mit Sicherheit nicht zum „Sitz".

12. Oktober 1998: Ich übe nach der Obedience-Methode und versuche, Dunyas Aufmerksamkeit zu bekommen. Im Haus geht es ganz gut, auch wenn es besser sein könnte. Draußen, an der kurzen Leine, gelingt es absolut nicht; da Dunya nie spontan zu mir hinschaut, gibt's auch nichts zu belohnen. Ich kann fünf Minuten stehen bleiben und warten... und warten... und warten...

23. November 1998: Wir haben das Examen des Basiskurses bestanden. Alles war ausreichend, sogar das Kommen. Aber davon habe ich überhaupt nichts; denn gestern auf dem Spaziergang habe ich wieder zweieinhalb Stunden auf Dunya warten müssen.

Im Nachhinein ist diese Hundeschule natürlich für Dunya völlig ungeeignet gewesen; eigentlich für die meisten Hunde, denke ich heute. Ein Hund muss kommen, sitzen und warten. Das ist wichtig, weil es ihm unter Umständen das Leben retten kann. Aber warum um Himmels Willen ist es notwendig, einen Hund auf Abstand vom „Platz" ins „Sitz" zu bekommen?

11

Zerstörungswut

Ein anderes großes Problem, das ich mit Dunya hatte, war ihre Zerstörungswut. Jahrelang konnte ich sie deshalb nicht allein zuhause lassen, weil sie das Haus systematisch, gewissenhaft und effizient mit dem Erdboden gleich gemacht hätte.

26. November 1998: Dunya macht immer noch so viel kaputt wie ein Welpe. Mein schönes Stillleben im Flur musste dran glauben und auch der schöne Apfel aus Bast.
Als ich mir letztens nur kurz die Zähne putzte, hatte sie schon wieder ein Kissen zerfressen. Duschen kann ich nur, wenn jemand da ist, der zwischenzeitlich auf Dunya aufpasst. Es macht wirklich keinen Spaß mehr.

Dass Dunya allerlei Utensilien in ihrem Korb sammelte, war eine Sache. Aber dabei blieb es meist nicht. Die Kugelschreiber, Telefon, Pantoffeln, Schuhe, Papiere und noch so einiges, das dran glauben musste, waren in den ersten zehn Jahren von Dunyas Leben praktisch an der Tagesordnung.
Zur Illustration Dunyas Ausbeute innerhalb einer Woche: eine Flasche Parfüm, die über einen Meter hoch in einem Korb lag; Schlossspray vom Wohnzimmertisch; Tannenzapfen aus einer Vase mit Stillleben; ein Wollknäuel aus einem hohen (!)

Schrank; Kugelschreiber vom Schreibtisch; Handcreme (flüssig...), Dosen Katzenfutter, Plastikbeutel mit Creme aus der Einkaufstasche und diverse Sachen aus dem Papierkorb.

Und dann konnte ich noch froh sein, dass sie den Farbeimer übersehen hatte.

18. Januar 1999: Dunya hat gestern wieder ein Buch "aufgefressen" und mein Handy, als ich oben am Rechner saß. Sie klaut jetzt auch Sachen von dem hohen Schrank. Heute im Auto (noch keine halbe Stunde) hat sie das Wischtuch für die Windschutzscheibe angefressen, während sie normalerweise problemlos eine Stunde im Auto bleiben kann. Es hat also den Anschein, dass ihre Zerstörungswut immer schlimmer wird anstelle von besser.

Es ist abzusehen, wann meine Toleranzgrenze erreicht ist. Dunya weiß, dass sie das nicht darf, denn sie passt extra einen Moment ab, in dem ich nicht im Zimmer bin. Als ich heute Morgen zur Toilette musste und Dunya auch schon wach war, habe ich doch tatsächlich gezögert, ob das wohl ginge oder nicht. Das ist doch wirklich verrückt! Ich habe mich dann beeilt, und als ich wieder ins Zimmer kam, konnte ich noch gerade ein Stück Papier aus Dunyas Schnauze ziehen.

Was das Material anging, das Dunya zerbiss, war sie nicht wählerisch, aber am liebsten war ihr doch Holz. Ein teurer, handgemachter Kamm wurde ebenso Opfer ihrer scharfen Zähne wie eine

Holzskulptur, die im Zimmer meiner Tochter stand und an der sie sehr hing...

Seltsamerweise machte sie keine Möbel kaputt und nagte auch nicht an Stuhl- oder Tischbeinen.

Aber auch Leder verschmähte Dunya nicht. Sie hat einige Schuhe auf dem Gewissen, und auch ihr schönes Halsband hat sie kaputt gerissen.

Als sie eine Weile allein im Wohnzimmer ist, hat sie zwei Kissen zerlegt, wobei sie sehr gründliche Arbeit leistete. Ich finde sie zufrieden auf der Couch liegend mit um sich herum Bergen aus weißen Flocken. Die Reißverschlüsse hat sie fachmännisch herausgetrennt, die Bezüge völlig zerfetzt, und der Inhalt der Kissen bedeckt als früher Schnee mein Sofa.

Als sie mit dieser Arbeit fertig war, hat sie angefangen, meine Plüschkatze zu zerbeißen. Leider - von ihrem Standpunkt aus gesehen - kam ich jedoch zu zeitig herunter, sodass sie lediglich die Nase hat abbeißen können. Weiter ist sie nicht gekommen.

Was macht man da? Richtig, nichts. Tief Luft holen und einen Kaffee trinken. Es war ja doch schon passiert, nichts mehr zu machen. Dunya begrüßt mich dann auch sehr begeistert wedelnd, worauf ich allerdings etwas zähneknirschend reagiere...

Ein anderes Mal hat sie einem Korb mit Strohblumen den Garaus gemacht. Wir waren anderthalb Stunden durch den strömenden Regen gelaufen, und ich hatte erwartet, dass ich danach eine Stunde nach oben gehen konnte, ohne dass Dunya etwas anstellen würde. Als ich wieder herunter kam, lag sie auch tatsächlich noch auf ihrem Kissen. Allerdings war sie umgeben von kleinen lila Blumen und Styroporkügelchen.

Das Körbchen, in dem meine Schwester so künstlerisch Strohblumen in einer Oase arrangiert hatte (ja, genau, die kleinen lila Blumen) war halb leer, ebenso der noch nicht aufgeräumte Karton mit Verpackungsmaterial, eben besagte Styropor-kügelchen, die so schön statisch sind und überall kleben bleiben. Das lag nun alles hübsch verteilt auf meinem gerade gefegten und geputzten Boden, dem Tisch, dem Kissen..... das ganze Zimmer schien lila-weiß zu sein.

Dunya schaute mir interessiert zu, wie ich alles wieder aufräumte, reagierte mit beleidigtem Unverständnis, als ich etwas brummelnd das Kissen unter ihr hervorzog, um auch das auszuklopfen und kehrte, nachdem das endlich erledigt war, gut gelaunt auf ihr Kissen zurück, während ich mir noch ein Gefecht mit besagten Blumen lieferte, der Oase (auch zerbissen, alles so schöne kleine grüne Stückchen) den statischen Kugeln und Engelhaar-ähnlichem Material, das auch in dem Körbchen drin war.

Nach einigen Wochen hat Dunya die Strohblumen, die inzwischen auf dem Fernseher standen, noch-mals zur Pfote genommen und diesmal so gründliche Arbeit geleistet, dass wirklich nichts mehr zu retten war. Sogar das Körbchen hat sie zerlegt. Was sie macht, macht sie gründlich!

60

Später habe ich meinen Arbeitsplatz samt Rechner ins Wohnzimmer verlegt. Dadurch brauchte ich nicht mehr für längere Zeit nach oben und konnte Dunya besser im Auge behalten.

5. Februar 1999: Inzwischen hat sie eine Kerze aufgefressen, die Thermoskanne und einen Kerzenständer kaputt gebissen und die Gebrauchsanleitung für meine neue Waschmaschine geschreddert... Trotzdem kann ich jetzt ab und zu kurz aus dem Zimmer gehen, ohne dass etwas passiert, aber man kann sich (noch?) nicht drauf verlassen.

Natürlich beschränkte Dunyas Zerstörungswut sich nicht auf ihr eigenes Zuhause und ihre Umgebung. Sie ließ auch andere mit genießen, zum Beispiel wenn wir irgendwo zu Besuch waren. Ich erinnere mich noch daran, dass wir mal alle Hunde zu meinen Eltern mitgenommen hatten – es war das einzige Mal, dass Dunya mit war – und dass sie sofort die zwei Treppen hoch stürmte, aufs Bett meiner Eltern sprang, und als ich endlich auch oben ankam, gerade anfangen wollte, ein auf dem Bett liegendes Plüschtier zu zerbeißen.
Meine Mutter war „not amused".

Danach nahmen wir Dunya nur noch mit zu „Hundemenschen". So waren wir bei Bekannten, die mit ihren Podencos auf einem Campingplatz bei einem Hundestrand Urlaub machten und wo Dunya angenehm überrascht sofort einen Begrüßungsknochen in Empfang nehmen durfte, um danach

nach Herzenslust über den Strand zu rennen und im Gebüsch nach unfindbaren Kaninchen zu suchen.

Schön war auch der Besuch bei einer Hundefreundin, die selbst Podencos und Windhunde hatte und dadurch zum Glück einiges gewöhnt war.

Wir hatten schönes Wetter, konnten also im Garten sitzen. Und die Hunde konnten dort herrlich rennen und spielen. Dunya bekam ein Glitzern in den Augen, als sie den großen Garten und die Windhunde sah («Das ist wenigstens nur Gras und nicht so ein blöder Ziergarten!!», mit vorwurfsvollem Blick in meine Richtung...) und setzte gleich zu ein paar Runden an, die mit einem begeisterten Sprung auf den Schoß des recht verdutzten Tom endeten.

Danach machte sie sich auf die Suche nach anderen Beschäftigungsmöglichkeiten. Die fand sie in der Küche. Da stand nämlich sehr einladend eine Packung Milch auf der Anrichte, die sie um schmiss und dann mit der halb leeren Packung in den Garten stolzierte. «Schaut mal, habe ich das nicht toll gemacht?!» Den Quirl brachte sie auch gleich mit – vielleicht um die Milch zu schlagen? Warum sie allerdings auch noch einen Topflappen von der Anrichte mit in den Garten nahm, ist nicht bekannt. Denn sie hat ihn nicht mal zerrissen.

Und dass ein Podenco nach all diesen Anstrengungen Hunger bekommt und mal so eben im Vorbeigehen eine Scheibe Käse vom Brot klaut, das auf einem niedrigen (!) Tisch eigentlich für uns Menschen vorgesehen war, ist ja logisch. Mit schamrotem Gesicht war ich dann doch sehr froh, bei einem Hundemenschen, nein, einem Wind-hundemenschen zu Gast zu sein, sodass wir alle zusammen herzlich darüber lachen konnten.

Übung macht den Meister; also wurden zuhause einen Tag später ein paar Schnitten von der An-richte geklaut, die ich vergessen hatte zu essen oder weg zu räumen, da ich gleichzeitig telefonierte, mailte und zwischendurch auch noch zur Haustür musste, da es geläutet hatte. Und das ist selbst für mich zu viel Multitasken.

Ich hatte von dieser Aktion übrigens gar nichts mitgekriegt. Denn man ertappt sie ja nicht auf frischer Tat; man sieht sie nicht mal kauen. Aber in dem Moment, wo sie mit breitem Grinsen in den Garten kam («Hallo, Leute, alles klar hier draußen? Schönes, Wetter, was?!») hätte ich es ja eigentlich wissen müssen.

Es hat viele, sehr viele Situationen gegeben, in denen ich böse auf Dunya war, wenn sie wieder mal Dinge kaputtgemacht hatte. Aber sie hat mich auch unglaublich oft zum Lachen gebracht... oft nachdem meine erste Bosheit sich etwas gelegt hatte. Denn was konnte sie für verrückte Grimassen schneiden, und wie herrlich angeblich unschuldig konnte sie in ihrem Korb liegen – anscheinend seit Stunden – wenn gerade mal wieder etwas zerbissen worden war. Dann strahlte sie nur eins aus: «Ich war das nicht!»

12

Erneute Erziehungsversuche

Ein Morgen im Oktober 1998: Alle drei Hunde sind furchtbar unruhig, rasen durchs Zimmer und spielen Fangen. Darum entschließe ich mich zu einem Spazierweg, wo ich auch Dunya problemlos frei laufen lassen kann, zumindest bis heute.

Die Hunde laufen ohne Leine mit zum Auto. Das steht vorm Haus geparkt, was soll da schon passieren, auf den paar Metern? Ach, alles Mögliche. Dunya sieht/hört/riecht etwas, was weiß ich... und rast geradewegs in die Gärten an der Rückseite der Häuserreihe. Rubis und Flits, auch nicht von schlechten Eltern, gehen gern auf ihr einladendes Bellen ein, und ich hinterher. Na, bravo!

Rubis finde ich im Nachbargarten. Auf meine Bitte hin kommt sie majestätisch angelaufen. Allerdings ohne Eile, denn Eile und Herdenschutzhund, das passt nicht zusammen. Ich schlage mich schnell in die Sträucher, hinter Flits und Dunya her.

Nach ein paar Minuten habe ich Rubis und Flits im Auto, doch von Dunya fehlt jede Spur. Ich laufe die Rückseiten der Häuser entlang, wurschtle mich durchs Gebüsch, rufe, suche. Nichts. Einmal rast sie an mir vorbei, aber macht sich natürlich nicht die Mühe anzuhalten.

Also bin ich halt beim Auto stehen geblieben und habe gewartet. Nach einer Viertelstunde kommt Frau Podenco dann an. Den ersten Teil des Spazierganges hat sie also schon mal selbständig absolviert.

Im Wald halte ich Dunya erst an der Schleppleine, um noch etwas mit ihr arbeiten zu können. Das klappt absolut nicht. Auf mein fröhliches «Dunya, komm!» reagiert sie kaum, und als sie sieht, dass ich keine Wurst, sondern nur Hundekekse bei mir habe, gar nicht mehr.

Ich bin sehr enttäuscht und lasse sie schließlich von der Leine. Seh' ich sie halt beim Auto wieder, denke ich trotzig, oder eben nicht, ist mir auch egal...

Letzteres meine ich natürlich nicht ernst, aber Dunya kann einem das Leben schon ganz schön schwer machen, und dann gelingt es nicht immer, ruhig und verständnisvoll zu bleiben.

Der Spaziergang mit meinen beiden Hunden verläuft sehr angenehm, in strahlender Sonne und dito Laune. Ab und zu schießt wie der Blitz ein Podenco vorbei.

Nach fast anderthalb Stunden sind wir zu dritt wieder beim Auto, und erst warte ich dort in Ruhe auf Dunya. Das letzte Mal hatte es auch noch eine halbe Stunde gedauert, bis sie wieder beim Wagen war.

Nach einer Stunde beginne ich mich doch etwas unwohl zu fühlen und breche gemeinsam mit Flits auf - Rubis hatte es sich inzwischen im Auto gemütlich gemacht -, um den ganzen Weg noch einmal abzugehen. Rufen, pfeifen, keine Dunya.

Natürlich entstehen vor meinem geistigen Auge wieder die schlimmsten Szenen, was Dunya alles zugestoßen sein könnte: Dunya angefahren im Straßengraben; Dunya, die an ihrem Halsband hängen bleibt und erst nach Tagen oder Wochen gefunden wird, mausetot natürlich. Und wo soll man da suchen, in so einem ausgedehnten Wald? Dieser Spaziergang ist dann auch nicht so schön wie der erste.

Meine Füße fangen an zu schmerzen nach zwei Stunden laufen, ich habe Hunger, und ich wünschte, dass ich mir nie einen Podenco ins Haus geholt hätte. Es gibt doch genug liebe Hunde im hiesigen Tierheim; und es hatten mich so viele Leute vor der Adoption eines Podencos gewarnt!

Gegen Ende des Spazierganges höre ich das unverwechselbare Dunyakeffen, und Flits hört es auch und rast los. Als das Auto in Sichtweite kommt, sehe ich zu meiner großen Erleichterung Dunya. Ich rufe sie, sie schaut mich an, und dann ist nur noch ein rot-weißer Strich zu erkennen, bis zu dem Moment, wo sie bis zu meinem Hals hoch springt, mir die Hände leckt und winselt vor Freude.

Nach den sandigen Abdrücken ihrer Pfoten zu urteilen, ist Dunya auf die Motorhaube und über die Windschutzscheibe aufs Autodach geklettert, auf der Suche nach einem Eingang. Wer weiß, wie lange sie schon beim Auto war, während Flits und ich sie noch suchten.

Als ich die Heckklappe öffne, springt sie begeistert ins Auto, und nach fast drei Stunden können wir endlich nach Hause.

Dort lässt Rubis sich mit tiefem Seufzer unter dem Tisch nieder; Dunya fängt gleich an zu fressen, und

Flits schlurft in sein Körbchen. Kurz darauf schlafen alle tief und fest, und aus Dunyas Korb steigen regelmäßig lange Heuler auf.

Ich selbst bekomme die Ruhe, die ich mir eigentlich verdient hätte, leider nicht. Ich muss einkaufen, und „das bisschen Haushalt" muss auch erledigt werden. Wenn ich endlich mit allem fertig bin, sind die Hunde schön ausgeruht und wollen gern wieder spazieren gehen.

Ich habe weiterhin allerlei Dinge ausprobiert, um Dunyas Weglaufen unter Kontrolle zu bekommen. Lange Zeit habe ich sie jeden Tag frei laufen lassen, wie lang sie auch weg blieb. Ich dachte oder hoffte, dass sie irgendwann nicht mehr so lang weg bliebe, wenn sie einmal wusste, dass sie am nächsten Tag ja wieder frei laufen darf. Vielleicht war das eine zu menschliche Redenation, aber Dunya war ein schlauer Hund, es hätte also vielleicht klappen können.

Hat es aber nicht. Manchmal kam sie „zeitig" zurück, das bedeutet nach einer bis anderthalb Stunden, aber oft waren es auch vier Stunden. Also habe ich das Experiment abgebrochen und bin wieder zum Wechsel zwischen Freilauf und Spaziergang mit Leine zurückgekehrt.

30. September 1998: Wieder habe ich eine Stunde in den Feldern auf Dunya gewartet! Ich kam mit jemandem ins Gespräch, der einen perfekt trainierten Jagdhund hat, den er auch noch zurückpfeifen kann, wenn er bereits eine Wildspur in der Nase hat. Er kommt sofort von überall her, egal wie weit er weg ist. Mit dem Mann habe ich die Situation von Dunya besprochen. Sein Rat war, Dunya zu strafen, wenn sie erst nach einer Weile wiederkommt (im Gegensatz zu dem allgemeinen Rat: Wieder-kommen ist immer brav, darf also niemals bestraft werden!). Danach sollte ich Dunya nicht an die Leine nehmen, sondern sie im Gegenteil wieder frei lassen. «Nach zwei Mal ist es mit dem Weglaufen vorbei», meinte er.

Aus einem Gefühl der Ohnmacht und beinahe Verzweiflung heraus habe ich das dann auch ausprobiert, inzwischen war ich bereit, fast alles zu versuchen, was Erfolg haben könnte. Auf in den Wald. Vier Mal kam Dunya zu mir, als ich sie rief. Natürlich wurde sie ausgiebig gelobt und belohnt. Beim fünften Mal ging's wieder schief. Nach einer ganzen Weile fand ich sie, habe sie korrigiert und ihr wieder „frei" gegeben. Kurz darauf ging es wieder schief. Wieder eine Dreiviertelstunde gewartet.

Fazit: Diese „Methode" bringt also auch nichts, auf jeden Fall nicht bei Dunya.

Von jemand, der auch einen Podenco hat, bekam ich den Tipp, Dunya beim Freilauf mit einem anderen Hund an eine Leine zu koppeln. Sie hatte gute Erfahrungen damit. Das habe ich allerdings nie ausprobiert, weil es mir zu gefährlich erschien. Zum einen war Dunya schneller als meine anderen Hunde, sodass sie ihren „Laufpartner" mehr oder weniger hinter sich herschleppen würde. Zum anderen besteht das Risiko, dass die Hunde in voller

Fahrt jeder auf der anderen Seite eines Baumes hängen bleiben, und an die Folgen, die das hätte, mag ich gar nicht denken.

2. Oktober 1998: Ich lasse Dunya frei laufen, rufe sie aber nicht. Meist ist sie außer Sichtweite, kommt aber regelmäßig vorbei gerannt, übrigens ohne mich auch nur eines Blickes zu würdigen. Zu viert kommen wir dann wieder beim Auto an. Das ist nicht ideal, aber besser als das stundenlange Warten.

Ein anderer Rat, den ich aus dem gleichen Grund – zu gefährlich! – nicht befolgt habe, kam von einem Hundetrainer, der selbst einen Windhund hat: einen Stock in die Schleppleine binden, sodass Dunya aufgehalten wird, sobald der Stock an einem Hindernis stecken bleibt; dann «Stopp!» rufen.

Durch Dunyas Schnelligkeit ist sie immer gleich außer Sichtweite, vor allem im Wald. Wenn sich der Stock dann irgendwo verheddert, wo ich sie nicht sehen kann, müsste ich den ganzen Wald durchkämmen. Auf offenem Gelände besteht das Risiko zwar nicht, aber dort gibt es auch nichts, woran der Stock hängen bleiben würde; das macht also keinen Sinn.

Eine andere Idee war, Dunya jedes Mal, wenn sie zurückkam – auch wenn es drei Stunden gedauert hat – ausgiebig mit Käse zu belohnen. Vielleicht würde damit das Zurückkommen interessanter für sie. Auch das habe ich versucht, leider ohne das erhoffte Resultat.

17. Oktober 1998: Ich bin maßlos frustriert und bedaure, dass ich Dunya adoptiert habe. So weit sind wir inzwischen. Die Spaziergänge machen keinen Spaß mehr. Denn wenn Dunya an der Schleppleine läuft, ist das lästig (ständig verheddert sich die Leine an Bäumen und Sträuchern, und ich habe immer Matsch an Händen und Kleidung); läuft sie frei, kann ich zwar entspannt mit Rubis und Flits spazieren gehen, muss aber stundenlang auf Dunya warten.

Zur Ausbildung von Dunya habe ich kaum Energie, und dazu habe ich ja auch die beiden anderen Hunde noch. Ich meckere immer öfter an ihr herum, es gibt immer weniger zu be-lohnen, eine negative Spirale also. Wie komme ich da je wieder heraus?

13

Zurück nach Spanien?

Ich hielt die PAF von meinen bescheidenen Erfolgen und großen Problemen auf dem Laufenden, und sie boten an, mir „als Trost" das Buch von Lilian Braun zu schicken, "Der Podenco – ein etwas anderer Jagdhund".

Die PAf schlug auch vor, Dunya nach Spanien zurückzuschicken. Am 15. Januar 1999 würde jemand aus den Niederlanden zu ihrer Auffangstation kommen, der Dunya mitnehmen könnte. Sie würde dann nicht erneut vermittelt werden, sondern dort wohnen bleiben. Wenn ich das wolle, könne ich mir auch einen anderen Hund aussuchen.

Der Verein meinte, dass es für Dunya nicht so viel ausmachen würde, da sie zwar in gewisser Weise an mir hing, andererseits aber auch sehr selbständig war. Sie waren der Meinung, dass man die Sache nüchtern betrachten muss: Ich habe es versucht, es hat nicht geklappt; dann muss ich diese Periode in meinem Leben auch abschließen können.

«Es gibt so viele Hunde, die besser zu dir passen. Ein Hund soll doch eine Bereicherung sein und nicht dein ganzes Leben auf den Kopf stellen».

Ich habe darüber nachgedacht. Was würde das für Dunya bedeuten? Und für mich? Es ist ja nicht so, dass sie in ein Tierheim gekommen wäre, wo sie in einem Zwinger sitzt, sondern in eine Auffangstation, wo sie einen großen Auslauf hätte, mit den anderen Podencos rennen und spielen könnte und auch ins Haus, wann sie es wollte. Würde es ihr dort nicht besser gehen als hier in den Niederlanden mit all den Einschränkungen, die ich ihr auferlegen musste?

Und ich? Was habe ich von einem Hund, der Haus und Garten verwüstet, mein Leben auf den Kopf stellt und mit dem ich die Dinge, die mir Spaß machen – entspannt spazieren gehen, Hundeschule, Agility – nicht machen kann? Was bleibt übrig?

Dennoch habe ich diese Möglichkeit nie ernsthaft in Betracht gezogen. Trotz allem hatte ich Dunya schon nach kurzer Zeit sehr lieb gewonnen und hing sehr an ihr. Und trotz ihrer Selbständigkeit hatte ich den Eindruck, dass das auf Gegenseitigkeit beruhte, auch wenn sie nicht oft ihre Zuneigung zeigte und nicht so anhänglich erschien. Sie heulte doch, wenn sie bei Fremden im Auto saß – die sie nach ihren Abenteuern nach Hause brachten – und sie vermisste mich, wenn ich nicht da war.

12. Januar 1999: Ich muss eine Stunde weg und lasse Dunya zu Mira auf ihr Zimmer. Dunya winselt und heult die ganze Zeit, springt aufs Sofa, auf den Schreibtisch, versucht sogar aus dem Fenster zu springen. Sie will nicht spielen und ist die ganze Zeit unruhig.
Als ich zurückkam, fraß sie mich fast auf vor Freude… wollte allerdings auch schnell nach unten, um die anderen Hunde zu begrüßen.

Dazu kommt, dass ich nicht so schnell aufgebe. Einen Hund adoptieren ist etwas anderes als einen neuen Stuhl kaufen; wenn der einem nicht gefällt, bringt man ihn zurück. Ein Hund, Dunya, ist ein Lebewesen, für das ich die Verantwortung übernommen habe. Und dieser Verantwortung kann und will ich mich nicht entziehen.

Wie froh bin ich im Nachhinein, dass ich Dunya nicht zurückgeschickt habe!

Ich konzentrierte mich auf zwei Dinge, die mir wieder etwas Mut machen sollten: das Buch, das zu mir unterwegs war und das mir vielleicht weiterhelfen würde; und ich zog in Erwägung, mich bei einer Martin Gaus Hundeschule anzumelden, die ich schon früher mit anderen Hunden besucht und damit gute Erfahrungen gemacht hatte.

Bei diesen Schulen wird viel mehr auf die individuelle Mensch-Hundkombination geachtet als bei der Schule, die ich mit Dunya besucht hatte.

Inzwischen wurde an diesen Schulen die „neue Methode" gelehrt, bei der kein Zughalsband mehr benutzt, sondern mit positiver Verstärkung gearbeitet wurde: tierfreundlicher, positiver. Vielleicht war es ja einen Versuch wert.

Das Buch „Der Podenco – ein etwas anderer Jagdhund" brachte mich zwar, was das Training betrifft, nicht viel weiter, weil eine Ausbildung zum Jagdgebrauchshund mir nicht liegt, aber es hat mir trotzdem geholfen; es war ein Trost, die Erfahrungen von Lilian Braun zu lesen und alle Probleme, mit denen auch sie im Laufe der Jahre bei der Ausbildung ihrer Podencos konfrontiert wurde.

14

Schluss mit lustig – an die Leine!

Im Laufe der Zeit nahm Dunyas Weglaufen immer extremere Formen an.

Inzwischen konnte ich mir wohl vorstellen, warum Dunya in der Auffangstation so perfekt gehorcht hatte. Die Hunde haben da sehr viel Platz, können den ganzen Tag rennen und spielen. Wenn sie dann gerufen werden, bekommen sie ein Fleischhäppchen, und dafür lohnt es sich, kurz zu kommen. Danach kann man ja weiter spielen.

Und was die Zerstörungswut betrifft: Eine Auffangstation ist qua Einrichtung ja nicht mit einem Wohnhaus zu vergleichen. Das Problem gab es dort also wahrscheinlich gar nicht.

11. Dezember 1998: Die Sache eskaliert. Wir sind eine Stunde im Wald spazieren gegangen; keine Dunya war zu sehen. Das Auto musste noch in die Werkstatt, und eine Stunde später bin ich schließlich allein dorthin gefahren. Tom ist zurückgeblieben, um auf Dunya zu warten.
Als ich wiederkam, war Dunya noch nicht da. Es lag viel Schnee, und es war bitterkalt.
Abends um halb sieben, nach dem einstündigen Spaziergang und drei Stunden Herumstreunern, kam sie endlich an.

Wir haben beschlossen, dass das Maß voll ist, und den Freilauf für eine Weile gestrichen. Im Wald läuft Dunya an der Ausziehleine, was für sie und mich gewöhnungsbedürftig ist. Ich bringe ihr das Kommando „Umlaufen" bei, sodass sie, wenn sie um Bäume oder Sträucher herumläuft, denselben Weg zurück nimmt. Das lernt sie schnell.

Auf offenem Gelände darf sie an eine zwanzig Meter lange Schleppleine. Eigentlich finde ich, dass ein solcher Hund regelmäßig frei laufen muss. Andererseits muss das Ganze doch auch für mich noch einigermaßen „lebenswert" bleiben. Für Dunya ist das eine Alternative zum Freilauf, die wir beide akzeptieren (müssen!).

Leider gibt es hier nirgends eine eingezäunte Hundewiese, wo Dunya sich regelmäßig austoben könnte. Auf meine diesbezügliche Frage teilte mir die Stadtverwaltung mit, das sei hier auch nicht notwendig, weil wir „so viel Natur" haben. Ja, für die meisten Hunde ist das sicher toll, aber nicht für einen Hund, der nicht frei laufen kann.

Folge dieser Entscheidung ist, dass Dunya im Haus wieder unruhiger ist, aber für mich nimmt der Druck ein wenig ab, wenn ich den Rest des Tages um die Spaziergänge herum wieder selbst planen kann. Und an der langen Leine hat Dunya wenigstens noch eine gewisse Freiheit.

20. Juni 2002: Eine ganze Weile ging es gut, aber jetzt habe ich wieder Probleme mit Dunya. Im Haus ist sie lieb und ruhig. Aber sie wirkt deprimiert. Oft muss ich sie rufen, wenn wir spazieren gehen wollen. Sie kann nicht mehr frei laufen und macht an der Leine andere Hunde an – Abreagieren von Frust, weil sie nicht mehr spielen kann. Sie hat mich sogar an geknurrt, als ich sie streicheln wollte.

Sobald Dunya an der Schleppleine war und ich ihr „frei" gab, explodierte sie aus dem Auto und bekam eine unbeabsichtigte Korrektur, wenn sie das Ende der Leine erreicht hatte... was bei Dunya lediglich ein paar Sekunden dauerte. Ich ließ sie auch immer ausgiebig schnüffeln, graben und nach Mäusen suchen. Natürlich ist das nicht mit Freilauf zu vergleichen, aber so konnte ich wenigstens selbst die Dauer des Spazierganges bestimmen.

Bei den Spaziergängen an der Leine war ich immer bemüht, Dunya so viel Spaß wie möglich zu gönnen. Wenn es einigermaßen trocken war, suchte ich gern einmal am Tag eine große Sandfläche mit Wiese auf, wo außerhalb der Saison meist nur wenige Spaziergänger hin kamen. An ihrer langen Leine rannte und spielte sie dann mit Flits, während ich es mir, manchmal mit einem Kreuzworträtsel versehen, auf einer Bank gemütlich machte.

Wir arbeiteten auch an der langen Leine oder der Ausziehleine und übten dabei vor allem das Kommen und das „Umlaufen".

Wenn es was zum Graben gab, war der Spaß besonders groß. Es war faszinierend zu sehen, wie ihr Körper immer weiter in dem Loch verschwand und wie systematisch sie die Sache anging. Das Gras wurde mit Büscheln gleichzeitig aus dem Boden gerissen und zur Seite geworfen. Wurzeln wurden auch mit ihrer starken Schnauze attackiert.

Eventuelle Zweige, die über einem bereits anwesenden Loch lagen, wurden Stück für Stück abgetragen, bis sie wieder an das Loch herankam. Die Leine verhedderte sich ziemlich bei diesen Aktionen, aber das behinderte Dunya nicht bei ihren Erdarbeiten.

Manchmal merkte ich, dass mein Kreuzworträtsel nach einer Stunde noch immer jungfräulich vor mir lag, weil ich die ganze Zeit nur meiner verrückten Podenca zugesehen hatte...

15

Ausbrechen

Außer auf den Spaziergängen fand Dunya auch immer wieder Möglichkeiten, aus dem Garten abzuhauen. Als sie zu mir kam, war mein Garten zwar eingezäunt, aber ein Teil des Zaunes war nur einen Meter hoch. Das war für Rubis und Flits in Ordnung, aber formte für einen Podenco selbstverständlich kein Hindernis, die Welt außerhalb des Gartens zu erkunden.

3. November 1998: Ich arbeite zuhause viel zu wenig mit Dunya. Das liegt zum Teil an den anderen beiden Hunden, aber auch daran, dass ich mich wegen des Weglaufens immer öfter über Dunya ärgere. Sie läuft jetzt auch von zuhause aus weg.

Letztens ist sie abgehauen, als ich nur ganz kurz die Haustür auf machte, und war eine Viertelstunde spurlos. Sie springt auch über das Gartentor, wenn sie etwas Interessantes sieht oder riecht.

Der Verein hatte mir gesagt, dass Dunya sich an meinen anderen Hunden orientieren würde. Blieben sie im Garten, würde Dunya das auch tun. Das ist leider absolut nicht der Fall.

Wenn ich im nicht eingezäunten Vorgarten arbeite, kann ich Dunya schon gar nicht mitnehmen (Rubis und Flits wohl!); denn sie

bleibt nicht dort, sondern stattet der gesamten Nachbarschaft einen Besuch ab.
All diese Dinge tragen nicht gerade dazu bei, unser Verhältnis zu verbessern.
Im Haus ist sie meist auch sehr unruhig, stachelt die anderen Hunde auf und jagt hinter den Katzen her. Ich war es gewohnt, dass sich meine Hunde zwischen den Spaziergängen recht ruhig verhielten. Meist lagen sie in ihren Körben und schliefen. Aber durch Dunya ist jetzt auch Flits unruhiger im Haus. Wirklich eine Katastrophe auf Pfoten!

Nachdem Dunya einige Monate bei mir war, wurde der Holzzaun im Garten auf zwei Meter erhöht, und natürlich musste auch ein höheres Gartentor her. Danach ist es Dunya trotzdem noch oft gelungen auszubrechen, und zwar durch besagtes hohe Gartentor. Bevor ich das Tor öffnete, schaute ich immer nach, ob Dunya in der Nähe war. Trotzdem tauchte sie manchmal wie aus dem Nichts hinter mir auf und sauste an mir vorbei aus dem Tor.

Einmal als meine Tochter Mira mit spazieren ging, standen wir im Garten, die Hunde waren noch nicht angeleint, und Mira öffnete das Gartentor. Es hätte allerlei sinnvolle Möglichkeiten gegeben, darauf zu reagieren: Ich hätte Mira bitten können, das Tor zu schließen; ich hätte es selbst zu machen können oder versuchen, Dunya schnell zu greifen. Aber was tat ich? Ich blieb stocksteif stehen und sagte: «Mira, denk doch mal nach!».

Ich meinte damit natürlich, dass Mira, bevor sie das Tor öffnet, hätte kontrollieren sollen, ob Dunya an der Leine war. Aber es war eine dermaßen lächerliche und unsinnige Reaktion – worüber wir, nachdem wir Dunya wieder eingefangen hatten, herzlich lachen konnten – dass diese Worte inzwischen innerhalb der Familie regelmäßig zitiert werden.

Januar 2005: Ich stelle abends das Altpapier auf die Straße, das am nächsten Morgen abgeholt wird, und sehe aus den Augenwinkeln heraus eine fröhliche Podenca an mir vorbei aus dem Gartentor fliegen. Ich renne mit Halsband und Leine hinter ihr her, aber finde sie natürlich nicht mehr.
Dreiviertelstunde später – eine lange Dreiviertelstunde! – kommt die Dame wieder; zum Glück fehlt ihr nichts. Als Mensch eines Podencos braucht man ein starkes Herz.

Andere Möglichkeiten zum illegalen Freilauf fand Dunya, wenn ich mit den Hunden zum Auto lief, das außerhalb des Zauns stand.

Natürlich leinte ich Dunya dabei an, aber sie hat sich immer wieder neue Tricks ausgedacht. Manchmal tat sie so, als wolle sie gerade einsteigen; ich ließ die Leine los, und weg war sie. Oder sie saß bereits im Auto, sprang aber heraus, bevor ich die Heckklappe schließen konnte. Sie rannte dann immer ein paar Runden um den Häuserblock und kam dann wieder.

Ein paar Mal ging es schief, und ich fuhr mit dem Auto die ganze Gegend ab auf der Suche nach meinem abenteuerlustigen Podenco.

Auch von einem Parkplatz mitten im Dorf ist sie mal abgehauen. Wir wollten in einem Café einkehren. Ich saß bereits auf der Terrasse, und Tom wollte Dunya zum Auto bringen, als sie sich mit einem kräftigen Ruck los riss und über den Parkplatz raste. Ich erschrak, weil es schien, als würde sie geradewegs auf die Straße rennen. Aber nein, kurz vorm Ende des Parkplatzes stieg sie voll in die Bremsen und kam auf die Terrasse gestürmt.

Wie viele Schutzengel muss dieser Hund gehabt haben...

16

Hundeschule – neuer Versuch

18. November 1998: Ich habe mich entschlossen, mich zum Kurs bei der Martin Gaus Hundeschule anzumelden, die nach meiner Erwartung besser zu uns passt. In der stillen Hoffnung, dass ich Dunya lehren kann, beim Freilauf besser zu gehorchen; aber vor allem - auch wenn das mit dem Freilauf nicht klappen sollte -, um unsere Beziehung zu verbessern.
Ich gehe davon aus, dass die Intensität dieses Kurses mich zwingen wird, öfter und regelmäßiger mit Dunya zu arbeiten; dass durch die Didaktik dieser Hundeschule meine Beziehung zu Dunya sich wieder verbessert, endlich ein System in meine Erziehung kommt und ich vielleicht von der „neuen Methode" überzeugt werde.

Dem Kurs geht ein Charakter- und Verhaltenstest voraus. Dieser weist aus, dass Dunya sich schnell von einem Schreck erholt und, wenn nötig, bei mir Schutz sucht.

Großes Erstaunen beim Test der Mensch-Hundbindung. Dunya musste, erst an der Leine und später frei, mit mir mitlaufen. Zu meinem nicht geringen Erstaunen blieb sie genau neben meinem Bein und schaute zu mir auf, auch bei allen Wendungen.

Da zeichnete sich also schon ab, dass sie bei diesem Kursus auch wieder ganz anderes Verhalten zeigen würde als auf unseren Spaziergängen.

Eine Woche später fing der Kursus an. Zwei Abende in der Woche und der Samstagmorgen. Viel Theorie und Übungen zuhause. Durch die Übungen und das Lernen – zusätzlich zu den langen Spaziergängen – war es eine intensive Zeit. Alles was nicht mit Dunya oder dem Kursus zu tun hatte, wurde auf Sparflamme gesetzt, womit vor allem die Katzen gar nicht einverstanden waren.

Aber es war auch eine schöne Zeit, und mein Verhältnis zu Dunya verbesserte sich durch den Kursus. Bereits nach dem dritten Trainingsabend merkte ich, dass ich wieder mehr Freude an Dunya hatte und positiver auf sie reagieren konnte.

21. Januar 1999: Die Ausbildung fängt an, Früchte abzuwerfen. Das Vorsitzen draußen (an der Ausziehleine) geht schon gut.

Heute lief Dunya stolz mit einer leeren Flasche herum, die sie aus dem Graben gefischt hatte. Ich rief sie vor. Sie kam sofort, ließ die Flasche fallen, blieb dann aber zögernd zwischen mir und der Flasche stehen. Ich konnte ihre Gedanken raten: Käse ist lecker, aber dann bin ich meine Flasche los.

Ich habe kurz abgewartet, was sie machen würde. Schließlich kam sie doch zu mir, war natürlich furchtbar brav und durfte danach die Flasche wieder aufnehmen (sehr wichtig!).

Ich wiederholte die Übung einige Male, und es

ging ausgezeichnet: vorsitzen, Flasche fallen lassen, Käse in Empfang nehmen und mit der Flasche weiterlaufen.

Auch half mir der Kursus, mit den Frustrationen umzugehen, die sich einstellten, wenn es mal nicht so gut lief; zumindest meistens. Ab und zu passierte es immer mal wieder, dass ich falsch reagierte. Und natürlich war es für mich eine gute Geduldsübung; Geduld ist nun mal nicht meine stärkste Seite.

5. Februar 1999: Das Vorsitzen klappt nicht; das „Platz" auch nicht. Ich wünschte, ich hätte mehr Geduld! Als es gestern nicht klappte, habe ich sie vor mich hingesetzt mit den nicht gerade aufmunternden Worten «Kapier das dann endlich, Vorsitzen!», was lediglich zur Folge hatte, dass ich mit der Ausbildung wieder zurückgeworfen wurde. Selbst Schuld!
Dunya ist nach derartigen „Aktionen" meinerseits durcheinander, und es klappt erst recht nicht mehr.
Vorläufig belohne ich Dunya jetzt immer, wenn sie kommt und sich hinsetzt, egal wie oder wo sie das tut. Das klappt!

Im Haus erscheint sie mir etwas ruhiger, wahrscheinlich weil die Ausbildung sie auch geistig ermüdet.
Außer durch die Ausbildung versuche ich sie auch zur Kopfarbeit zu stimulieren, indem ich ihr Kunststückchen beibringe. So habe ich sie gelehrt, nach dem Spaziergang meine Pantoffeln

zu holen. Das ist mehr oder weniger durch Zufall entstanden, als Dunya einmal nach dem Spaziergang stolz mit einem Pantoffel ins Zimmer kam. Da habe ich dann eine Übung draus gemacht.

Im Allgemeinen machte Dunya ihre Sache beim Hundekurs ganz gut, auch wenn es an urkomischen Momenten nicht fehlte.

Einmal mussten die Hunde „Platz" machen. Ein sonst sehr gehorsamer Labrador forderte Dunya zu einer Runde übers Trainingsfeld heraus. Da konnte sie natürlich nicht nein sagen; und ich konnte mir ein Lachen nicht verkneifen. Ist es sehr schlimm, dass ich stolz bin auf Dunya, die ich eher wieder zu mir gerufen hatte als die Dame ihren Labrador?

Ab und zu, wenn sie anfing, sich zu langweilen, nahm Dunya auch selbst die Initiative, ließ den Clown heraushängen und versuchte, andere Hunde zum Spiel aufzufordern. Aber meist ging es gut.

So gut sogar, dass wir beim Examen auf dem zweiten Platz landeten. Dunya hat ausgezeichnet gearbeitet. Ohne Leine bei Fuß laufen, Platz, Bleiben und auch Vorsitzen. Der Examinator sagte, dass er noch nie einen Podenco so gut hat arbeiten sehen.

Leider musste ich einsehen, dass Übungen ortsgebunden sind… wie viel ich auch zuhause und auf den Spaziergängen übte, Dunya zeigte ganz anderes Verhalten als in der Hundeschule.

Manchmal gelang Dunya der – von mir in dem Moment nicht geplante – Freilauf durch einen gezielten Ruck an der Leine oder indem sie sich aus ihrem Brustgeschirr wurschtelte. Dann war sie meist, wie üblich, Stunden weg.

8. Februar 1999: Der erste – ungeplante – Freilauf seit dem Kurs bei der Hundeschule. Dunya saß hinter einem Müllcontainer fest, als sie mit Flits spielte, und verlor dabei ihr Geschirr. Sie spielte weiter, ich machte mit ruhigen Bewegungen das Geschirr vom Container los und rief nach einer Weile voll Vertrauen: «Dunya, komm!»
Sie kam in meine Richtung gelaufen, blieb aber auf halber Strecke stehen und raste dann in den Wald. Ich hatte das Geschirr noch in der Hand; ein Fehler? Ich hatte vor, ihr wieder „frei" zu geben, aber vielleicht erwartete sie, angeleint zu werden?
Wir hingen ein bisschen in der Nähe herum, ich habe Dunya noch mal gerufen. Nichts. Zurück zum Auto. Zwei Mal schoss sie vorbei, reagierte aber nicht auf mein Rufen.
Nach einer Stunde kam sie wieder zum Strand und kam sofort zu mir gerast, als ich sie rief. Ich habe sie fröhlich angesprochen, sie kurz fest-gehalten und ihr danach wieder „frei" gegeben.
Zwischendurch habe ich sie noch ein paar Mal gerufen, leider wieder ohne Erfolg. Nach einer weiteren halben Stunde kam sie zum Auto. Ich stieg ruhig aus, rief sie und ließ sie absitzen. Ich habe sie kurz gestreichelt, aber nicht angeleint, nicht einmal festgehalten. «Und, willst du jetzt mit?» Heckklappe geöffnet, und sie sprang fröhlich ins Auto.

War der Kursus nur herausgeworfenes Geld? Dunya kommt schließlich immer noch nicht verlässlich, wenn ich rufe. Aber trotzdem, es geht besser als früher. Sie kam anfangs doch wenigstens in meine Richtung gelaufen und sprang später freiwillig ins Auto.
Dennoch ist das noch weit weg von dem, was ich eigentlich gern erreichen würde...

Ein anderer ungeplanter Freilauf: Als wir die Hunde aus dem Auto luden, sah ich plötzlich Dunya, meine Formel I Podenca - ohne Leine - an mir vorbei sausen. Tom stand da mit Bonita an der Ausziehleine und schaute recht verdutzt drein. Er hatte aus Versehen Bonita angeleint statt Dunya.

Diese griff die Gelegenheit beim Schopf, denn ein paar hundert Meter weiter lief ein Reh... und ein paar Sekunden später auch ein Podenco.

Natürlich ging das alles so schnell, dass man gar keine Zeit hat zu reagieren. Abgesehen von der Tatsache, dass Dunya unserem Rufen sowieso keine Folge geleistet hätte.

Ein Dunyaloser Spaziergang folgt. Als ich noch circa hundert Meter vom Auto entfernt bin, sehe ich etwas Geflecktes neben dem Auto, das sich aber nicht bewegt. Also entscheide ich, dass es nicht Dunya sein kann, sondern irgendein Strauch. Falsche Schlussfolgerung. Denn wie ich näher komme, fängt das „Gefleckte" an zu wedeln; es ist tatsächlich Dunya, die ganz artig neben dem Auto sitzt!

Erstaunlich. Nicht nur, dass sie schon nach einer Stunde zurück ist, aber dass sie dann auch noch so brav sitzen bleibt und wartet. Sie zittert vor Kälte, und ich ziehe ihr schnell ihr Mäntelchen an, das im Auto liegt. Dabei entdecke ich ein paar kleine Wunden, wahrscheinlich ist sie etwas zu drauf- gängerisch durchs Gebüsch gefegt, aber ansonsten ist sie unverletzt.

Den Rest des Tages liegt sie auf der Couch und schläft. Zum Mittagsspaziergang müssen wir sie richtiggehend überreden.

14. Februar 1999: Freitagmorgen brach ich gemütlich mit Tom und den Hunden zu einem Waldspaziergang auf. Wir entschlossen uns, Dunya doch mal wieder Freilauf zu gönnen. Wir begegneten ihr einige Male während des Spazier- ganges, aber sie kam nicht zu uns.
Nachdem wir in der Nähe Kaffee getrunken und uns danach zum Suchen getrennt hatten, sah Tom Dunya in einem Abstand von zweihundert Metern. Als er sie rief, kam sie sofort. Er gab ihr wieder „frei" (sehr gut und tapfer!). Dunya spielte noch kurz mit Flits, Tom rief erneut, und sie kam. Endlich, nach insgesamt drei Stunden.

Es hat mir Spaß gemacht, mich in der Gemein- schaft der Hundeschule mit Dunya zu beschäftigen, und der Kurs war auch ein gewisses Druckmittel für die Übungen zuhause. Die Verpflichtung, jeden Tag üben zu müssen, tat mir gut, das brauchte ich.

Aus diesem Grund habe ich auch noch den Fortsetzungskurs besucht.

3. März 1999: Ich lasse Dunya meist einmal pro Woche frei laufen. Sie ist dann immer ein paar Stunden weg. Letzten Sonntag auch, aber da hatten wir schönes Wetter, und wir haben im Wald ein Picknick veranstaltet. Die Abstände, in denen Dunya vorbei kam, wurden immer kürzer, erst eine Stunde, dann eine halbe, zwei Mal zwanzig Minuten, und zum Schluss blieb sie in unserer Nähe.

Schade ist allerdings, dass sie nie nahe genug herankommt, um sie festhalten zu können und ihr danach wieder „frei" zu geben. Dadurch denkt sie jetzt weiterhin, dass zu mir kommen gleichbedeutend ist mit „an die Leine".

Den Fehler habe ich nämlich anfangs gemacht, aber ich lehre ja auch dazu (Wobei ich sagen muss, dass es nicht leicht ist, einen Hund, der nach zwei Stunden endlich wiederkommt, fröhlich wieder ziehen zu lassen... mit dem Risiko, weitere Stunden warten zu müssen).

Jetzt ist es nicht so leicht, diese Konditionierung zu durchbrechen. Aber ich versuche es zumindest: Kommt sie auf Rückruf, belohne ich sie und gebe ihr danach wieder „frei", auch wenn sie erst nach zwei Stunden kommt.

6. März 1999: Dunya hat ihr Limit von drei-einhalb Stunden Wegbleiben überschritten. Wir waren eine Stunde gelaufen; dann habe ich noch zweieinhalb Stunden gewartet und bin dann weg gefahren. In der Zeit habe ich sie zwar gesehen, aber nicht in der Nähe.

Gute vier Stunden nach Anfang des Spaziergangs kam ich wieder auf den Parkplatz zurück. Wie ein Blitz kam Dunya an, pechschwarz und heulend. Als ich ausstieg, hat sie mich so begeistert begrüßt! Sie war wirklich froh, mich zu sehen. Ich habe sie noch nie so heulen hören.
Als ich die Heckklappe nach ihrer Meinung nicht schnell genug auf bekam, sprang sie vorne ins Auto. Sie saß auf dem Beifahrersitz, seufzte zufrieden, Kopf auf meiner Hand (das ist nicht unbedingt praktisch beim Schalten) und Augen zu... In so einem Moment geht mir das Herz auf. Dann ist sie so lieb und rührend.

Oktober 2000: Mitten in der Nacht teilt Dunya mir mit, dass sie - ganz ehrlich wahr! - dringend mal raus muss. Auf dem Spaziergang hatte sie leider keine Zeit dafür, weil es so viel zu schnüffeln gab. Und ob ich nicht vielleicht kurz...

Natürlich! Ich bin ja ganz wild darauf, nachts um zwei Uhr durch die Gegend zu latschen (im Garten macht die Dame nämlich nichts), besonders wenn es Oktober ist und ich nur mit Morgenrock und Pantoffeln bekleidet bin und Dunya sich zudem sehr viel Zeit nimmt, ein geeignetes Plätzchen zu finden.

Vielleicht ist es Ursache und Wirkung, dass Dunya am nächsten Morgen auf dem Spaziergang wieder mal abhaut – habe ich nicht gut aufgepasst, weil ich zu müde war? War ich durch mein Training mit Daisy zu viel abgelenkt? Im August 2000 hatte ich Daisy geschenkt bekommen, einen Malteserwelpen, der als viertes Mitglied meine kleine Hundegruppe bereichert.

Jedenfalls teilt Dunya mir mit, dass sie vor hat abzuhauen, sobald sie etwas Interessantes sieht. So was sehe ich ihr inzwischen an der Nasenspitze an.

Und das Interessante kommt dann auch in Form eines Rehs, das nichts Böses ahnend unseren Weg kreuzt. Hoppla, und Dunya ist weg!

Das ganze Gebiet wäre besser für eine 'Survival-tour' als für einen Spaziergang geeignet gewesen. Tiefe Furchen im Boden sind reichlich mit Regen-wasser gefüllt, sodass man bis zu den Fesseln im Matsch watet. Meine Stimmung wird dadurch nicht gerade besser.

Auch nicht in den nächsten Stunden, während ich im Auto auf meine „Katastrophe auf Pfoten" warte, wie ich Dunya – mal mehr, mal weniger – liebevoll nannte. Ich habe Kaffeedurst, und mein Magen gibt auch unüberhörbare Signale. Beim Einpacken aller Leinen, Handtücher, Clicker, Leckerchen und was man sonst noch so für die Hunde braucht, habe ich natürlich wieder einmal mein eigenes leibliches Wohl vergessen.

Als das Arbeiten mit dem Clicker Allgemeingut wurde, habe ich auch Dunya auf dieses Hilfsmittel konditioniert. Und sie war eine schnelle und begeis-terte Schülerin!

"Hallo sagen" ist vielleicht kein Kommando, das man mit einem Podenco in Verbindung bringen würde, aber es ist eigentlich nicht so wichtig, was man dem Hund beibringt, solange man zusammen Spaß dabei hat. Und den hatte Dunya!

Ich setzte sie vor mich hin, Hand am Clicker und wartete ab. Dunya war ein ausgesprochener Clickerhund. Sie probierte alles aus, dachte nach, was ihr Mensch denn nun sehen will, um den Click zu geben. Hinlegen, sich die Schnauze lecken, noch näher an mich heranrücken, an mir hochspringen, meine Hand lecken.

Bis sie dann mit der Pfote schlug. Click! Käse! Das wiederholte sich ein paar Mal. Ich fügte "Sag hallo" hinzu, und nach zwei Übungseinheiten von knappen fünf Minuten war die Basis bereits gelegt. Ein schneller Erfolg!

Als ich heute Abend die Hunde fütterte, habe ich ausprobiert, ob Dunya es noch wusste. Ich sagte: «Dunya, sag hallo!», und nach kurzem Nachdenken ihrerseits winkte sie mit der Pfote. Ihre Belohnung war ein reich gefüllter Futternapf.

17

Auf, auf zum fröhlichen Jagen...

Dunya hat in ihrem Leben viele Mäuse gefangen und ab und zu einen Maulwurf. Es war faszinierend, ihr beim Anpirschen zuzuschauen, obwohl ich immer froh wann, wenn sie ihre Beute verfehlte.

Dunya konnte minutenlang still stehen, meist mit hochgezogenem Vorderlauf. Ihre beweglichen Ohren drehten sich dann wie Antennen nach allen Seiten, um das Geräusch der Beute zu orten – an sich schon eine erstaunliche Leistung, dass sie eine Maus im hohen Gras hören konnte. Aber Hunde sind gehörtechnisch nun mal besser ausgerüstet als wir Menschen.

Nach einigen Minuten versteifte sie, die Spannung in ihrem Körper erreichte ihren Höhepunkt und entlud sich in dem bei Podencos so bekannten Mäusesprung. Sie konnte ohne Weiteres aus dem Stand ein oder zwei Meter weit springen und hatte dann, vor allem in ihren jungen Jahren, oft tatsächlich die Maus erbeutet.

Eines Tages wurde ich von einem Förster angesprochen, der erzählte, dass die Raubvögel in dieser Gegend fast ausgestorben sind, weil sie zu wenig Nahrung finden. Einer der Gründe sei, dass Hunde so viele Mäuse fangen.

Ich fand das ziemlich übertrieben. Zu viel zweifelhafte Ehre für meinen kleinen Podenco...

Einmal „fängt" Dunya eine Maus im Haus. Ich sitze abends nichts Böses ahnend vor meinem Spinnrad, als Kater Krieltje stolz umher blickend ins Zimmer schreitet und Dunya ihn mit verdächtiger Begeisterung begrüßt. Und das aus gutem Grund, wie sich schon bald herausstellt: Nach einigem Hin und Her zwischen den beiden wirft Dunya nämlich fröhlich „etwas" in die Luft, fängt es wieder auf und verschwindet blitzschnell in ihrem Zimmerzwinger. Zurecht folgere ich daraus, dass Krieltje eine Maus gefangen und Dunya ihm seine Beute abgenommen hat.

Sie liegt in ihrem Zimmerzwinger und starrt interessiert auf dieses seltsame „Haus-Tier", das mit klopfendem Herzen zwischen ihren Pfoten liegt. Es scheint unverletzt zu sein, also starte ich eine Rettungsaktion. Diese wird allerdings erschwert durch Dunyas Körper, der genau in der Zwinger-öffnung liegt. Unnötig zu sagen, dass sie absolut nicht die Absicht hat, diesen strategischen Platz zu verlassen, vor allem weil Krieltje in einiger Ent-fernung – ein wenig mürrisch und unter klagendem Miauen – Dunya mit *seiner* Beute beobachtet.

Ich locke Dunya aus dem Zwinger. Sie wagt sich einen Schritt heraus, aber Mäuschen muss in der Schnauze mit. Das bringt mich also auch nicht weiter. Gleich darauf flitzt sie zurück in den Zwinger. Schließlich schaffe ich es dann doch, einen Arm an Dunya vorbei in den Zwinger zu zwängen und kann die Maus mit einem Tuch greifen. Dunya zeigt wenig Verständnis für mein Verhalten; immerhin nehme ich ihr das schöne neue „Spielzeug" weg. Da hat sie nicht ganz Unrecht.

Ja, und jetzt? Mäuschen ist ganz schön erschrok-
ken und nass von Dunyas Speichel, aber nicht
verletzt. Ich improvisiere also aus Stroh ein kleines
Nest – Mäuse haben keine Nester, aber eine Höhle
habe ich nicht zu bieten –, setze es hinein und
drapiere das Ganze unter einen Strauch im Garten.
Die Katzen müssen heute Nacht mal drin bleiben,
um der Maus die Gelegenheit zu bieten, ein sicheres
Unterkommen zu suchen. Vielleicht gräbt sie sich ja
eine neue Höhle.

Obwohl Dunyas Jagdinstinkt stark ausgeprägt war,
was sich außer beim Mäusefang auch im Folgen von
Wildspuren im Wald äußerte, rannte sie doch oft
auch nur aus Freude an der Bewegung. Auf offenem
Gelände konnte sie mit Begeisterung ihre Runden
drehen, ein breites Lachen auf dem Gesicht. Und ich
genoss das mit ihr!
Einmal fand Dunya auf einem Spaziergang ein
totes Kaninchen – sie konnte es nicht getötet
haben, es war bereits steif –, und es kostete mich
ziemliche Mühe, ihr diese Beute abzunehmen. Aber
dass sie wirklich ein Kaninchen fing, war die Ausnahme.
Eines Tages ist Dunya während des Spaziergangs
wieder mal abgehauen, und ich warte mit den
anderen Hunden im Auto. Ein einsamer Wanderer
kommt vorbei, ein Reiter, und nach einer Dreiviertelstunde läuft ein schwarzer Hund auf dem
Weg, mit etwas Großem in der Schnauze. Eigentlich
kann Dunya das nicht sein, denn sie ist ja rot-weiß.
Allerdings kommen mir die Ohren doch recht
bekannt vor …..

Fünfzig Meter vor dem Auto bleibt sie stehen, legt ihre Last nieder und schaut mich unsicher wedelnd an. Ich rufe sie, in der Hoffnung, dass sie ohne ihre Beute kommen würde. Aber als guter Podenco packt sie, was sich bei näherer Betrachtung als ein riesiger toter Hase herausstellt, und kommt fröhlich wedelnd in meine Richtung.

Als Dunya noch nicht so lange bei mir wohnte, hatte ich sie in meiner damaligen Unwissenheit mal dafür bestraft, dass sie ein Kaninchen apportierte, weil ich dachte, ihr so das Wildern abzugewöhnen. Das war natürlich dumm, denn mit Strafe erreicht man mit Sicherheit nicht, dass der Hund nicht mehr wildert, höchstens dass er sich nicht mehr traut zurückzukommen.

Das habe ich inzwischen gelernt. Also lobe ich sie zwischen zusammengepressten Zähnen, und mein Mädchen ist ganz stolz. Ich weiß genau, was von mir erwartet wird: Ich soll das Tier von ihr annehmen, so wie es die Jäger in Spanien machen. Obwohl sie nie jagdlich geführt wurde, ist es doch ein Urwissen, das in jedem Podenco steckt. Sie macht mir das auch sehr deutlich, indem sie, während ich rückwärts laufe, mit dem Hasen in der Schnauze immer näher kommt, sodass das Tier fast gegen mich anstößt.

Ich mag tote Tiere nicht anfassen. Ein bereits angefressener Hase, der traurig in einer Podenco-schnauze hin und her schwingt, ist da keine Ausnahme. Aber ich will auch nicht, dass sie das tote Tier mit ins Auto nimmt; dass es auf dem Parkplatz liegen bleibt, ebenso wenig. Also was nun?

Wir schließen einen Kompromiss, den auch Dunya akzeptieren kann. Ich rufe sie ein Stück in den Wald hinein, erzähle ihr, was für ein toller Hund sie ist, lasse sie absitzen und gebe ihr das Kommando «Aus!», was sie auch sofort befolgt und den Hasen vor meine Füße legt. Schnell ein Leckerli geben, «Braaav!», und zurück zum Auto. Zum Glück, das ist geschafft. Ich bin den toten Hasen los, und Dunyas Ehre ist gerettet. Der Hase leider nicht.

Die unangenehmste Erfahrung auf diesem Gebiet war, als Dunya von einer ihrer Eskapaden nach Hause kam und ein totes Kaninchen auf die Tür-schwelle legte. Das Tier erschien seltsam leer, wie ein Plüschtier, bei dem man die Füllung heraus-genommen hat. Und später stellte sich auch heraus, warum: Dunya hatte die Eingeweide des Kaninchens anscheinend unterwegs gefressen und das leere Fell mit nach Hause gebracht. Es ist zu unappetitlich zu erzählen, wie ich dahinter kam, aber ich bin froh, dass so was in all den Jahren nur einmal passiert ist.

Jahre später fing Dunya ein Kaninchen in einem großen Heidegebiet, wo es meist außerhalb der Saison recht ruhig ist. Innerhalb von zehn Minuten nach Beginn des Spazierganges hatte sie das Tier gefangen und kam damit stolz in meine Richtung gelaufen.
Als sie näher kam, sah ich, dass das Tierchen zappelte. Es lebte also noch. Aber bevor ich es retten konnte, hätte ich die anderen Hunde irgendwo anbinden müssen, sodass das Kaninchen

nicht ihnen zum Opfer fallen würde, nachdem es Dunya entkommen war.

Und was macht Dunya? Dreht sich um und läuft mit dem Kaninchen in der Schnauze zu einer Gruppe Spaziergänger (Ich wäre am liebsten im Boden versunken vor Scham!). Mein Rufen hatte natürlich keinerlei Effekt.

Die Spaziergänger, nicht gehindert durch einschlägige Kenntnisse über Hundeverhalten, schlossen Dunya vollständig ein und brüllten die ganze Zeit «Aus! Aus! Aus!», ohne zu wissen, dass sie dieses Kommando ja tatsächlich beherrscht.

Das Verrückte daran war, dass es auch noch klappte. Dunyas Schnauze fiel buchstäblich offen, wahrscheinlich vor reinem Erstaunen. Das Kaninchen sprang unverletzt in die Felder, und – was mich vollends erstaunte – Dunya verfolgte es nicht mal mehr.

Anscheinend fiel ihr dann auf, dass hundert Meter weiter ihr Mensch stand und sie rief, und so kam sie zu mir. Ich habe sie über den Kopf gestreichelt. Ob sie das nun als Belohnung fürs Jagen, Loslassen oder zu mir kommen erfahren hat, sei dahingestellt.

Wir liefen weiter, der Spaziergang musste ja eigentlich noch beginnen. Dunya sah ich ab und zu vorbei flitzen, aber leider nicht mehr, als wir wieder auf dem Rückweg zum Auto waren.

Eine Stunde konnte ich mich lesend beschäftigen, und auch die Hunde waren müde. Aber als ich Dunyas Beutekläffen ganz in unserer Nähe hörte, bin ich wieder los gezogen, diesmal nur mit Flits und Daisy. Flits als guter Spürhund führte uns schon bald zu einem Maisfeld, wo das Bellen her kam.

Neben dem Feld war ein unbebauter Acker, auf dem ich eine Weile der Richtung, aus der das Bellen kam, folgen konnte.

Auf meine Bitte hin suchte Flits nun Dunya, was zur Folge hatte, dass auch er in dem Maisfeld und damit aus meinem Gesichtsfeld verschwand. Das Bellen kam einmal aus dieser Richtung – ich folgte ihm so gut es ging, am Feldrand entlang – dann wieder aus jener Richtung – ich lief also wieder zurück.

Aber außer dass Dunya sich wahrscheinlich köstlich amüsierte, kamen wir keinen Schritt weiter. Ab und zu sah ich sie zwar zwischen den Maispflanzen laufen, aber ein Podenco bewegt sich nun mal etwas leichter in den dichten Reihen mit Mais als sein Mensch!

So hätten wir noch Stunden weitermachen können. Aber da diese Aktion nicht sehr viel versprechend schien, liefen wir zum Auto zurück. Irgendwann würde Dunya sicherlich müde werden.

Das wurde sie auch, leider erst nach zweieinhalb Stunden. Sie kam angelatscht, so gar nicht typisch für sie. Normalerweise kommt sie zum Auto gerannt, wenn sie findet, dass sie genug Bewegung gehabt hat. Aber anscheinend war es diesmal etwas zu viel des Guten gewesen. Steifbeinig lief sie ganz langsam Richtung Auto und konnte nicht mal ohne meine Hilfe hinein springen. Mein Mädchen war müde.

18

Im Garten

Außer Dunyas Zerstörungswut und dem Weglaufen trug auch mein Garten zu ihrer Unterhaltung bei. Jeden unachtsamen Augenblick meinerseits benutzte sie dazu, den Garten nach eigenem Gutdünken neu zu gestalten.

26. November 1998: Auch im Garten zerstört Dunya, was ihr vor die Pfoten kommt: Sie gräbt die Erde um, zieht die Bambusstöcke aus dem Boden und beißt sie kaputt; frisst die Stützen der Kletterpflanzen an.

Ursprünglich hatte ich eine Terrasse am Haus und einige Wege, die zwischen den Blumenrabatten hindurch führten. Aber von den Rabatten ist nach Dunyas Einzug nicht mehr viel übrig geblieben. Im Laufe der Zeit ist ein Großteil der Pflanzen verschwunden, weil Dunya sie ausgrub und oft auch noch die Wurzeln anknabberte; so geschehen mit meinen Maiglöckchen, die nach zwei Jahren endlich angegangen waren. Mit den Pflanzen selbst machte sie auch kurzen Prozess.

Dass Maiglöckchen giftig sind, wusste ich damals noch nicht. Auf jeden Fall hat Dunya keinen Schaden davongetragen, die Maiglöckchen wohl.

Das Graben ist auch eine Sache für sich. Ich frage mich immer, wo sie wohl all die Erde lässt. Denn wenn ich alle ausgegrabene Erde im Umkreis von zwei bis drei Metern wieder zurück gefegt habe, ist das Loch trotzdem nur halb voll. Speziell für den Zweck habe ich im Schuppen einen Eimer mit Gartenerde stehen.

Wenn Dunya sich dann für ihr wohlverdientes Nickerchen in den Gartenstuhl gekuschelt hat, schleiche ich mit meinem Eimer herum und schütte alle Löcher wieder zu. Und wenn ich dann auf ein neues Loch stoße? Nein, das *kann* mein Liebling doch wirklich nicht gemacht haben. Schau nur, wie friedlich sie noch immer (oder schon wieder?) in ihrem Stuhl liegt! Die Unschuld in Person. Aber sehe ich da nicht doch den Anstrich eines scheinheiligen Grinsens auf ihrem Gesicht, und hat sie die Augen nicht allzu fest zugekniffen?!

Im April 1999 habe ich meinen Garten neu eingerichtet. Ein großer Teil der Blumenrabatten verschwand und machte Platz für Steinwege und Fliesen: leichter instand zu halten und mehr Platz für die Hunde zum Spielen.

Dunya fand diesen Plan recht anziehend. Sie begleitete dann auch die Arbeiten und setzte sich wie eine Wasserwaage auf jede neu gelegte Fliese, um zu kontrollieren, ob die auch wirklich waagerecht lag (und zögerte die Arbeiten damit um circa zwei Wochen hinaus).

Was den "Hundespielplatz" betrifft, das ist auch so eine Sache. Wenn die Hunde sich im Zimmer wie verrückt gebärden, rufe ich: «Hopp, draußen spielen!» und schicke sie in den Garten. Das ist leider für die Hunde das Zeichen, sofort mit dem Spielen aufzuhören. Sie stehen draußen wie begossene Pudel; vier Nasen kleben an der Hintertür.

Wenn ich sie dann wieder hereinlasse, wird das Spiel sofort wieder aufgenommen und rasen vor allem Daisy und Dunya durchs Zimmer, wobei die Möbel als Trampoline dienen.

Ich kann mir dieses Phänomen nicht erklären. Ich kenne Leute, deren Hunde wohl im Garten spielen. Warum meine nicht?

So bleibt der Garten also für mich ein Platz zum Genießen und zum Arbeiten (!), für die Hunde ein Platz zum Liegen und ganz selten, wenn sie sich mal vergessen, zum Rennen, und für die Katzen eine nie versiegende Quelle des Versteckspieles und des Abenteuers.

3. März 1999: Im Allgemeinen habe ich viel Freude an Dunya. Sie ist ganz reizend und scheint auch anhänglicher zu werden, zumindest im Haus.
Aber mit ihrem Weglaufen, der Zerstörungswut und ihrer Unruhe im Haus kann ich schlecht umgehen. Wenn sie ihre Sause hat und auch die anderen Hunde anstachelt, geht die gesamte Inneneinrichtung zu Bruch.

Ein Morgen im Jahr 1999: Ich schlafe noch, als Dunya mir winselnd erklärt, dass es schon längst Tag ist... ihrer Meinung nach. Ignorieren, denke ich tapfer. Ich besuche schließlich nicht umsonst die Hundeschule. Aber das Winseln wird lauter und anhaltender. Also lasse ich die konsequente Erziehung sausen und entscheide mich für eine pragmatischere Lösung, die mir hoffentlich ein bisschen Ruhe beschert: Ich schicke Dunya in den Garten, den einzigen Platz, wo sie meiner Meinung nach nichts mehr anstellen kann, da sie ja der Bepflanzung schon vor langer Zeit den Garaus gemacht hat.

Als ich nach einer Weile herunter komme, schaut ein strahlender spitzer Podencokopf durch die Katzenklappe im Flur herein... und als ich die Gartentüre öffne, erwartet mich eine Überraschung. Wo früher die Terrasse und ein Fliesenweg waren, sehe ich nur noch Erde. Es sieht recht ordentlich aus, als ob alles umgegraben und geharkt wäre.

Eine nähere Untersuchung des Gartens und ein Blick auf Dunyas pechschwarze Stiefelchen klärt mich dann auf: Alles, was es noch an Erde gab in meinem Garten, hat sie fachmännisch ausgegraben und recht gleichmäßig über die Fliesen meiner früheren Terrasse verteilt.

Und um dem Ganzen noch einen Stich ins Künstlerische zu geben, hat sie in dem nicht gefliesten Stück ein paar große Löcher gegraben. Ach, da kann man ja wieder Pflanzen hineingeben oder so...

19

Die Kunst der Manipulation

Dunya konnte ihre Umgebung manipulieren wie kein anderer. Außer dem bereits erwähnten Schneiden von Grimassen waren auch ihre anderen Gesichtsausdrücke unglaublich vielseitig und sprechend.

Aber das war nicht alles. Zum Beispiel ihre Art, Aufmerksamkeit zu bekommen. Endlos konnte sie durchs Zimmer bummeln, mich anstarren, manchmal in Kombination mit Winseln. Ich bemühte mich, dieses Verhalten zu ignorieren… was mir nicht immer gelang.

Oder sie setzte sich vor mich hin und schaute mich an. Aber wie! Wenn sie dann auch noch ein bisschen mit der Pfote schlug und anfing zu lachen, konnte ich ihr schwer widerstehen. Und das wusste die Spitzbübin nur zu genau.

Außer mir manipulierte sie auch oft erfolgreich ihre vierbeinigen Mitbewohner. Wenn sie zum Beispiel einen Kauknochen oder ein Spielzeug von einem anderen Hund wollte, setzte sie gezielt allerlei Beschwichtigungsgesten ein, um zum Ziel zu gelangen – meist klappte das!

Besonders gern spielte Dunya fangen. Wie gut ich auch aufpasste, es gelang ihr immer wieder, schnell wie der Blitz hinter mir aufzutauchen und sich an mir vorbei durch die Haustür oder das Gartentor zu zwängen. Dann setzte sie ihre wohlbekannten Runden um die Häuser ein, wobei sie immer wieder in meine Nähe kam, aber nicht nahe genug, um festgehalten zu werden.

Etwas Ähnliches machte sie manchmal auch auf den Spaziergängen. Wenn es allzu lang dauerte, bevor Dunya wiederkam, fuhr ich manchmal weg und kam später zurück. Aber wenn Dunya gegen Ende des Spazierganges in der Nähe des Autos war, fuhr ich natürlich nicht weg, weil ich hoffte, sie bald einfangen zu können.

Ich bin überzeugt, dass sie dieses Mittel ab und zu gezielt einsetzte, indem sie sich gegen Ende des Spaziergangs in der Nähe des Autos sehen ließ, uns sogar begrüßen kam, dann aber – wenn sie sicher war, dass ich nicht wegfahren würde – wieder im Wald verschwand, um noch einige Stunden weg zu bleiben.

9. April 1999: Eine Wartezeit, einschließlich der Spaziergänge, von vier Stunden ist inzwischen „normal". Wegfahren und nach einer halben Stunde wiederkommen hat leider keinen Effekt, wenn Dunya „erst" eine Stunde unterwegs ist. Dennoch lasse ich sie ein- oder zwei Mal die Woche frei laufen...

Ein Zug, den ich so gar nicht mochte, war Dunyas Betteln. Wenn ich kochte oder das Futter für die Katzen zubereitete, setzte Dunya sich demonstrativ neben mich und schaute mich an.

105

Im Prinzip gewöhne ich meinen Hunden immer recht schnell das Betteln ab – bis auf einige sehr hartgesottene „Exemplare" – indem ich es einfach ignoriere und so dafür sorge, dass es dem Hund nichts bringt. Auch bei Dunya ist mir das einigermaßen gelungen, aber es hat sehr lange gedauert. Sie hat wirklich alles ausprobiert. So konnte sie vor mir sitzen und mich minutenlang anstarren, während ich beim Essen war, oder – auch super! – mit ihren großen Ohren vorm Bildschirm des Fernsehers sitzen.

Mit meiner Tochter Mira hatte Dunya ein williges und weniger konsequentes Opfer gefunden. Wenn Dunya sie beim Essen anstarrte, meckerte Mira halbherzig, schickte Dunya weg, und schließlich, um Dunya „loszuwerden", gab sie ihr ab und zu doch etwas. Bingo!

Ihren Einfallsreichtum bewies Dunya auch, indem sie immer, wenn ich gerade beim Essen war, angeblich dringend raus musste. Während ich die Gartentüre für sie öffnete, fraß sie in aller Seelenruhe meinen unbewachten Teller leer.
Als ich diesen Trick durchschaut hatte und erst meinen Teller in Sicherheit brachte, bevor ich die Tür öffnete, wollte Dunya während meiner Mahlzeiten nicht mehr in den Garten. Wozu auch? Es sprang ja nichts mehr für sie heraus...

Einmal musste ich zwei Sorten Trockenfutter voneinander trennen und hatte zu diesem Zweck Löcher in den Deckel eines Kartons gestochen, um diesen als eine Art Sieb zu verwenden. Als ich damit fertig war, roch der Deckel anscheinend noch so lecker, dass Dunya unbedingt wissen wollte, was in dem Karton war. Sie hat sich durch die Löcher im Deckel hindurchgefressen, und ich fand sie im Flur, den Deckel wie einen Kragen um ihren Hals. Das sah urkomisch aus.

Oft schritt Dunya zur Selbstbedienung, auch auf dem Gebiet war sie sehr einfallsreich. Schon bald nach Dunyas Eintreffen lernte ich, nichts auf dem niedrigen Couchtisch stehen zu lassen, was essbar war oder es in Podencoaugen eventuell sein *könnte*.

Aber auch Essenswaren auf der Anrichte waren keine wirkliche Herausforderung für Dunya. Mit ihren langen Beinen konnte sie problemlos die Anrichte erreichen. Einmal hat sie, die Vorderpfoten auf der Anrichte, den Deckel einer Gemüsepfanne auf ihren Kopf bekommen; das Kochwasser des Gemüses strömte über die Küchenfliesen; den Kaffeefilter mit Inhalt hatte sie auch noch runter geworfen, und Dunya verteilte mit ihren Pfoten alles zu einem gleichmäßigen braunen Brei.

Ein anderes Mal hat sie von einem Reisgericht genascht, wobei der Topf noch auf dem Herd stand. Sie hat nicht gekleckert; kein Reiskorn lag auf dem Boden. Es war mir nur aufgefallen, dass das Reisgericht nicht mehr gleichmäßig den Topfboden bedeckte, sondern dass eine Ecke fehlte...

20

Ein Unglück kommt selten allein

Mit Dunya brauchte man sich nie zu langweilen. Durch ihre Kapriolen, ihre Zerstörungswut, ihr Weglaufen, ihren lustigen Kopf, ihre Intelligenz und kreativen Ideen hat sie es geschafft, mich immer wieder zu überraschen und zu amüsieren, Letzteres oft allerdings erst im Nachhinein. Und manchmal ist sie dabei ziemlich in die Bredouille gekommen. Einmal völlig schuldlos, muss ich zugeben.

Ich probiere gern neue Spazierwege aus, und auf der Karte hatte ich einen Schwimm- und Surfteich entdeckt, den ich noch nicht kannte. Mit Landkarte bewaffnet zog ich also los, das Abenteuer lockte.

Den Teich hatte ich mir allerdings schöner vorgestellt. Es gab keinen Sandstrand und auch keinen wirklich begehbaren Weg. Während meine Gummistiefel sicher und trocken im Auto standen, watete ich durch den Matsch über eine Art Trampelpfad um den Teich herum. Na ja, den Hunden schien es zu gefallen, auch wenn Daisy, mein vier Monate alter Dreikäsehoch, manchmal arg tief einsank...

Wir liefen recht dicht am Ufer entlang, zwischen mannshohem Schilf und kniehohen Brennnesseln. An ihrer Ausziehleine schoss Dunya von links nach rechts, ab und zu ein paar Enten aufscheuchend, die wohl dachten, dass die Touristensaison nun doch endlich vorbei wäre.

Auf einmal sprang Dunya mit ihrem bekannten Mäusesprung ins Schilf; ein paar Enten schossen weg, ins Wasser und ... ja, leider landete auch Dunya mit einem großen Plumps im Teich.

Ich konnte sie durch das hohe Schilf nicht sehen, aber da ich ja weiß, dass sie eine ausgezeichnete Schwimmerin ist, machte ich mir zuerst keine Sorgen. Dann hörte ich sie aber im Wasser zappeln. Nach ein paar Sekunden hörte ich nichts mehr... So schnell es ging, suchte ich meinen Weg durchs Schilf und sah sie: den Kopf noch gerade über dem Wasser. Das lief nicht, wie wir es von anderen Teichen gewöhnt sind, langsam ab, sondern wurde sofort tief. Das Ufer war steil und die Uferbefestigung aus Holz sehr glatt. Dunya konnte unmöglich aus eigener Kraft da herauskommen.

Vom Ufer aus konnte ich sie nicht greifen; dafür war der Abstand zum Wasser zu groß. Selbst ins Wasser zu springen war auch keine Lösung. Abgesehen von dem Effekt des kalten Wassers auf meine Gesundheit (ich bin auch nicht so ein geübter Schwimmer, schon gar nicht mit Winterkleidung an!), war das Risiko, dass Daisy mir folgen würde, sehr groß; Flits würde möglicherweise das Gleiche tun. Und dann hätte ich *drei* Hunde – und mich selbst – aus dem Wasser ziehen müssen.

Zeit um die anderen Hunde irgendwo festzulegen, hatte ich natürlich auch nicht.

Dunya hatte ihre Zugkette um. So ein Ding würde ich heute natürlich nicht mehr gebrauchen, aber in der Zeit war es „normal" und eine Methode, sie einigermaßen Handeln zu können, ohne dass sie mir die Arme aus dem Körper zog. Dunya an dieser Kette aus dem Wasser zu ziehen, beinhaltete zwar ein gewisses Risiko, aber ich hatte keine andere Wahl.

Ich festigte meine ganze Hoffnung auf ihre starken Nackenmuskeln, die sie vom vielen Ziehen an der Leine bekommen hatte. Nachdem ich die Leine so kurz wie möglich gemacht hatte, zog ich daran mit einem kurzen Ruck mit voller Kraft, und Dunya landete, erschreckt aber unversehrt, am Ufer. Dies alles spielte sich innerhalb von ein paar Sekunden ab.

Als sie wieder sicher war, dachte ich noch, dass sie hieraus vielleicht etwas gelernt hätte. Aber nichts davon. Kaum war sie wieder auf dem Trockenen, stöberte sie schon wieder die nächsten Enten im Schilf auf.

Ich hatte vorläufig die Nase voll von „Natur" und suchte mir meinen Weg durch eine Wiese, bis hin zur Straße, sodass wir auf jeden Fall wieder sicher zum Auto gelangen konnten.

Circa hundert Meter entfernt von dem Parkplatz, wo mein Wagen stand, sah ich dann, halb von Sträuchern überwuchert, das Schild: 'GEFÄHRLICH TIEFES WASSER - STEILES UFER'.

Ein bisschen spät!

Als Dunya zwei Jahre alt war, ist sie zum ersten Mal sehr lange weg gewesen, neun Stunden. Und das waren lange Stunden. Es war an einem Samstag im Winter. Ich war mit Daisy zur Hundeschule, und Tom ging in der Zwischenzeit mit den anderen Hunden spazieren. Dunya durfte frei laufen, sodass sowohl sie selbst als auch Tom den Spaziergang mehr genießen konnten.

Nach zwei Stunden waren Daisy und ich auch wieder anwesend. Nun würden wir also erfahrungsgemäß noch ungefähr eine Stunde auf Dunya warten müssen. Ich begann an meinem Kreuzworträtsel, und Tom spielte mit Flits und Daisy mit dem Ball, was die beiden sehr genossen. Herrlich, so ein Tag im Wald!

Nach vier Stunden wurde uns denn doch etwas kalt. Wir erwarteten jeden Moment einen schmutzigen, aber glücklichen Podenco zu sehen.

Um uns die Zeit zu verkürzen, brach ich mit den anderen drei Hunden noch zu einem kleinen Spaziergang auf, während Tom beim Auto Wache hielt. Wieder beim Auto: noch keine Dunya.

Nachdem sie fünf Stunden weg war, sind wir im Dorf noch einen heißen Kaffee trinken gegangen. Die Wärme tat gut, aber lange hielten wir es nicht aus, also schnell zurück in den Wald.

Leider war noch immer keine Dunya zu sehen. Wir waren jetzt nicht mal mehr böse, sondern machten uns inzwischen ernsthaft Sorgen. Wir glaubten nicht, dass Dunya bei der Kälte freiwillig so lange weg blieb. Was also konnte passiert sein? Verlaufen, überfahren, in eine Wildfalle geraten, von jemandem zum Tierarzt gebracht, unterwegs nach Hause, von einem Jäger erschossen? Es gab leider mehr Möglichkeiten, als uns lieb war. Der Gedanke, dass Dunya irgendwo verwundet lag und ohne Hilfe elend sterben würde, war unerträglich.

Telefonisch informierte ich Polizei, Tierschutz, Tiernotdienst und Amivedi, einen Verein, bei dem vermisste und gefundene Tiere gemeldet werden können.

Inzwischen wurde es dunkel. Darum erschien es uns am besten, wenn Tom mich und die Hunde nach Hause brachte und selbst zurück in den Wald fuhr, bewaffnet mit Taschenlampe, dicker Jacke, Wolldecke und Handy.

Als ich wieder zu Hause war, rief mich die Polizei an. Ein Ehepaar hatte einen Hund entlang einer Bundesstraße laufen sehen und die Polizei eingeschaltet, weil sie dachten, der Hund sei ausgesetzt worden. Zum Glück hatten auch diese Leute ein Handy – was zu der Zeit noch keine Selbstverständlichkeit war –, sodass ich das Ganze von zuhause aus telefonisch koordinieren konnte.

Dunya versuchte ständig, die Bundesstraße zu überqueren. Die Leute, die bei der Polizei angerufen hatten und andere, die dazu gekommen waren, probierten nach Leibeskräften, sie zu locken, einzufangen oder wenigstens zu verhindern, dass sie auf die Straße lief. Dunya heulte und winselte, schien völlig desorientiert, aber ließ sich nicht fangen.

Wahrscheinlich hatte sie sich also wirklich verlaufen und versuchte nun auf gut Glück, den Weg nach Hause zu finden. Und dazu musste sie die Bundesstraße überqueren.

Ich war ein bisschen erleichtert – wenigstens lebte sie noch – und erwartete jeden Moment einen Anruf von Tom, dass Dunya in Sicherheit war. Aber als Tom, nur einige Minuten später, an der Stelle ankam, wo man Dunya gesehen hatte, war sie schon wieder weg, laut Augenzeugen zurück in den Wald. Tom ist die Straße entlang gelaufen, hat gerufen; hilfreiche Leute sind in ihrem Auto langsam hinter ihm hergefahren, um mit den Scheinwerfern mehr Licht zu spenden. Aber alles erfolglos. Keine Dunya!

Wieder ging eine Stunde dahin. Und so eine Stunde dauert lange ...

Endlich, um acht Uhr abends, kam der erlösende Anruf von Tom: "Hier sitzt eine sehr müde Podenca neben mir im Auto!". Ich hätte heulen können vor Erleichterung.

Tom war noch einmal zu dem Parkplatz im Wald zurückgefahren, wo wir mittags geparkt hatten. Und da kam Dunya dann nach einer Weile an gehinkt, auf drei Pfoten.

Hatte sie doch noch einen Anhaltspunkt gefunden, einen Geruch erkannt und die Orientierung wieder gefunden? Wir werden es nie wissen. Dunya winselte nur kurz zur Begrüßung und ließ sich völlig erschöpft – nach neuneinhalb Stunden!! – auf den Beifahrersitz fallen.

Tom musste sie ins Haus tragen. Sie hatte Schmerzen an der Vorderpfote und war völlig erschöpft. Ich bekam noch einen kleinen Wedler, und dann ließ sie sich nur allzu gerne in eine warme Decke wickeln. Zum Glück schien sie keinen Schock zu haben, aber sie war sehr gestresst. Sie bewegte sich kaum noch und schaute unglaublich traurig aus dem einen Auge; das andere fiel immer wieder zu.

Ab und zu stieg ein tiefer Seufzer aus ihrem müden Körper.

Den Essigwickel um ihre Vorderpfote (altes Rezept von meiner Oma) ließ sie brav sitzen, und am nächsten Morgen sah die Welt schon wieder ganz anders aus. Sie konnte wieder normal laufen und begleitete uns sogar, wenn auch zögernd, auf die Heide. Dort kamen wir in den Genuss eines Spazierganges, bei dem Dunyas Leine fast die ganze Zeit schlapp hing.

Auch dieses Abenteuer hat also doch noch ein gutes Ende gefunden. Aber ich glaube, diesmal war es wirklich knapp. Ich bin mir sicher, dass Dunya da oben einen ganz großen Schutzengel hat, vielleicht auch zwei, um deren Hilfe ich an diesem Tag inbrünstig gebeten hatte. Und die beiden haben viele Überstunden machen müssen.

Ein anderes Mal kam Dunya beim Freilauf irgendwie in ein Feld, das von einem elektrischen Weidezaun umgeben war. Ich weiß nicht, wie sie dort hineingekommen ist, aber jedenfalls kam sie alleine nicht mehr heraus.

Mein Versuch, sie mit dem Kommando «Hoch!», das sie vom Agility her kannte, über den Zaun springen zu lassen, schlug leider fehl. Vielleicht hatte sie das ja selbst schon versucht und dabei einen elektrischen Schock bekommen. Sie hatte Respekt vor elektrischen Zäunen, seit sie damit einmal schmerzhaft Bekanntschaft gemacht hatte, als sie in eine Schafweide wollte. Seitdem lief sie in großem Bogen um diese Weide herum.

Nun liefen wir also eine Weile mehr oder weniger nebeneinander, Dunya auf der einen und ich auf der anderen Seite des Zauns. Beide suchten wir einen Ausweg, Dunya winselnd und wedelnd.

Dann sah ich auf Dunyas Seite einen großen Stapel aufeinander geschichteter Zweige liegen, recht nah am Zaun. Ich wollte Dunya dazu bringen, dort hinaufzuklettern. Es dauerte eine Weile, aber schließlich verstand sie, was ich von ihr wollte. Und als sie einmal auf dem Holzstapel stand, konnte ich sie – eine Hand am Halsband, die andere unter dem Bauch – über den Zaun heben. Da waren wir beide erleichtert.

21

Morgenstund'...

Dunya wollte morgens, wenn sie einmal wach war, am liebsten sofort losziehen, um lange Spaziergänge zu machen und Mäuschen zu suchen. Der erste Spaziergang stand fast völlig im Zeichen dieser Beschäftigung, wobei ihre Beute ihr (zum Glück, fand ich immer), auch oft entkam.

Ich selbst bin mehr ein Abendmensch. Da ich jedoch morgens mit den Hunden spazieren gehen muss, versuche ich, nicht allzu spät ins Bett zu gehen. Manchmal kann ich jedoch der Versuchung nicht widerstehen, wenn ein wirklich spannender Krimi im Fernsehen läuft, und dann wird es auch mal spät bis sehr spät.

Wie an einem Abend im Jahre 2001. "The Towering Inferno", ein gut gespielter Thriller mit Paul Newman, hielt mich problemlos die halbe Nacht wach.

Dunya fand den Film weniger spannend. Wie immer lag sie den ganzen Abend neben mir auf der Couch, schlafend und träumend und dabei noch einmal die Dinge überdenkend, die dieser Tag ihr gebracht hatte.

So gegen zehn kam sie vorsichtig informieren, ob wir denn nicht endlich ins Bett gehen. Eine Stunde später folgte der zweite Versuch.

Ich sagte ihr, dass sie sich entweder noch eine Weile neben mich kuscheln könne oder aber schon mal alleine zu Bett gehen (den Begriff kennt sie). Sie entschied sich für Letzteres.

Aber anscheinend ist "zu Bett gehen" ohne ihren Menschen doch nicht richtig zu Bett gehen, also stand sie nach einer Viertelstunde schlaftrunken wieder unten.

Sie versuchte mich zu fixieren, um mir ihren Willen aufzuzwingen, aber ihre Augen fielen immer wieder zu.

Nachdem Paul Newman gerettet hatte, was es zu retten gab, und der Film zu Ende war, gingen wir endlich nach oben.

Im Dunkeln steigt vom Hundebett aus ein tiefer, beinahe menschlicher Seufzer zu mir auf, so wie nur ein Podenco seufzen kann. Er scheint regelrecht aus tiefster Podencoseele zu kommen. Ist das nicht ein schöner Ausklang des Tages?

Es war nicht immer leicht, Morgenhund und Abendmensch auf für alle angenehme Art zu kombinieren. Vor allem da Dunya, wenn sie einmal wach war, sofort anfing, allerlei Dinge kaputtzumachen und keine Lust hatte zu warten, bis ich endlich auch fertig war und nach unten kam.

Um etwas länger als zwei Minuten für meine Morgentoilette zur Verfügung zu haben, ohne Angst, dass Dunya in der Zwischenzeit mein Haus umbaut, habe ich einen Maulkorb gekauft. Den bekam sie um, während ich im Bad war und mich anzog.

Nur hielt Dunya hartnäckig an der Meinung fest, dass sie sich nicht bewegen konnte, wenn sie den

Maulkorb um hatte. Sobald sie ihn um bekam, setzte sie sich hin und schaute unglaublich traurig drein.

Während meiner ersten Tasse Kaffee ging der Maulkorb dann auch gleich runter, und sofort verwandelte Dunya sich in einen Wirbelsturm (-wind wäre untertrieben!), der ungnädig durch mein Wohnzimmer fegte, eine Rakete, die über Stühle und Bänke schoss. Ihr wedelnder Schwanz fegte so ganz nebenbei einige Kerzenständer, Tassen und Zeitschriften vom Tisch. Ach, was soll's: mein kleines Mädchen war glücklich!

Ich weiß nicht mehr, wie lange ich den Gebrauch des Maulkorbes durchgehalten habe. Allzu lange kann es nicht gewesen sein. Im Laufe der Jahre habe ich immer wieder andere Dinge ausprobiert, um das Zusammenleben mit Dunya einigermaßen akzeptabel zu gestalten … auch für mich. Aber die meisten Dinge, die ich mir ausdachte, hielten nicht lange Stand, weil sie aus welchem Grund auch immer nicht zum Erfolg führten.

9. April 1999: Ich habe den Eindruck, dass sie weniger kaputtmacht. Manchmal bin ich eine Weile in einem anderen Zimmer und lasse Dunya ohne Maulkorb, und das geht meist gut.

Als Dunya ungefähr zwei Jahre alt war, habe ich einen Zimmerzwinger für sie angeschafft, wo sie rein kam, wenn ich kurz nicht auf sie aufpassen konnte. Das Training gestaltete sich einfach. Dunya gewöhnte sich sehr schnell an den Zwinger und suchte ihn gern von sich aus auf.

Nach einigen Jahren machte Dunya nicht mehr so viel kaputt und war der Zimmerzwinger eigentlich nicht mehr notwendig. Aber weil sie ihn als Liegeplatz so liebte, habe ich ihn noch viele Jahre stehen gelassen. Die Tür brauchte ich in der Zeit allerdings nie mehr zu schließen.

Ich bin zwar ein Abendmensch, aber der Abend gehört mir. Tagsüber bin ich viel mit den Hunden beschäftigt; abends will ich meine Ruhe. Es hat eine Weile gedauert, bis Dunya sich daran gewöhnt hatte.

Anfangs war sie abends furchtbar unruhig. Sie forderte Flits zum Spiel auf, der darauf prompt einging; dann marschierte sie wieder zu Rubis, die sie anschnauzte, da sie – genau wie ich – abends ihre Ruhe bevorzugte. Vielleicht stand Dunyas Verhalten mit ihrem Leben in Spanien in Zusammenhang. Durch die Hitze tagsüber findet das aktive Leben dort ja hauptsächlich morgens früh und spät abends statt.

Irgendwann gewöhnte sie sich aber daran und lag abends gemütlich in ihrem Himmelbett; ein altes Kinderbett, dass ich mit Hilfe einer Gardine in ein richtiges Himmelbett verwandelt hatte und wo Dunya – später gemeinsam mit Bonita – gern drin schlief.

Manchmal jedoch gelang es Dunya, die Abende und Nächte nach eigenem Geschmack zu gestalten. Meist fing das mit Winseln an. Sehr leise, aber dafür umso Nerv tötender. Ich ließ sie dann in den Garten, da konnte sie ihre Bedürfnisse verrichten, wenn nötig. Aber das meinte die Dame nicht, sie wollte einen richtigen Spaziergang, und dass es dann manchmal schon elf Uhr abends war, interessierte sie wenig.

Waren wir dann wieder oben, ging das Winseln erneut los. Dabei konnte ich unmöglich schlafen, also ließ ich Dunya wieder in den Garten. Und dieses Spiel konnte sie beliebig lang fortsetzen. Trotzdem kam ich ihrem Wunsch nach einem Spaziergang nicht nach. Wenn ich einmal nachgegeben hätte, dann würde sie zweifellos jeden Abend spät noch einen Spaziergang einfordern. Und daran wollte ich sie erst gar nicht gewöhnen.

Ab und zu schoss sie auch ins Wohnzimmer, um Flits zu wecken, dann ohne zu bremsen wieder nach oben in Miras Zimmer, um dort aufs Bett zu springen (was Mira auch nicht so toll fand) und dann, hoppla, wieder die Treppe runter.

Das ging so lange, bis ich sie an der Leine mit nach oben nahm und die Schlafzimmertür zu sperrte.

22

Agility

Später habe ich mit Dunya einen Agility-Kurs belegt. Mit ihrem stromlinienförmigen Körper, ihrer Schnelligkeit, Wendigkeit und Intelligenz schien es mir der ideale Sport für sie zu sein. Dabei vergaß ich allerdings, dass sie ein Podenco war...

Die erste Unterrichtsstunde verlief prima. Dunya war morgens vier Stunden herum gerannt und war dadurch todmüde und ziemlich langsam. Aber jedenfalls haute sie nicht ab. Sie blieb bei mir, auch als wir ohne Leine übten, und kam nach dem Nehmen der Hindernisse fröhlich zu mir zurück, um ihre Belohnung in Empfang zu nehmen.

Während der zweiten Stunde des Anfängerkurses hatte meine schöne Dunya jedoch die Schnauze voll von all den Geräten und fand es viel interessanter, den ausgedehnten Wald neben dem Übungsgelände mal unter die Lupe zu nehmen.

9. April 1999: Am zweiten Hindernis rannte sie vorbei, drei Runden übers Feld und dann, hoppla, Richtung Wald. Zum Glück ist sie nur anderthalb Stunden weg geblieben. Anschließend rannte sie über den Sandweg und kam auf mein Rufen zurück aufs Übungsfeld. Sie raste an mir vorbei, konnte aber von einem anderen Kursteilnehmer festgehalten werden.

Ich war den ganzen Abend down. Ich hatte mich so auf das Agility gefreut. Und Dunya schien es auch zu gefallen. Sie sagen, dass ich weiter-machen kann, aber dann mit Dunya an der Leine. Das nimmt einen Großteil des Vergnügens.

Wir machten weiter, auch wenn ich vorläufig Dunya an der Leine halten musste. Nach zwölf Unterrichtsstunden war es dann soweit: Examen. Jetzt mussten wir Farbe bekennen, denn beim Examen müssen die Hunde ohne Leine laufen.

Die ersten fünf Hindernisse nahm Dunya mit Leidensmiene und Ohren auf „Halbmast", wie ich das nenne. Also nicht so begeistert. Aber auf einmal stellte sie die Ohren auf, fing an zu wedeln. Los ging's! Mit Super-Begeisterung - ja, das wohl - raste sie übers Feld, an den überraschten Zuschauern auf der Terrasse vorbei und wiederholte diese Runde etliche Male, bis schließlich ein Zuschauer es schaffte, sie festzuhalten.

Wieder an der Leine, hat Dunya die übrigen Hindernisse mit Entschlossenheit bewältigt, wobei sie natürlich keinen einzigen Berührungspunkt verfehlte, graziös über die Wippe stolzierte und sehr entspannt den Slalom absolvierte. «Oh, meintest du *das*? Brauchst du ja nur zu sagen!»

Natürlich sind wir mit Pauken und Trompeten durch gerasselt. Aber Dunya war bestimmt der schnellste Hund auf dem ganzen Feld!

Alles in allem hat der Kursus durchaus Spaß gemacht. Dunya freute sich immer, wenn's zum Training ging, ihr Schwanz wedelte fröhlich, und sie war nun mal ein Hund, den man beschäftigen musste; und ich selbst hatte auch Freude daran. Und darum ging es ja, ich hatte nie Ambitionen, an ernsthaften Wettkämpfen mitzuwirken.

Wir gaben nicht so schnell auf, wiederholten den Anfängerkursus und ... ja, tatsächlich, schafften das Examen. Aber Dunya ist und bleibt der langsamste Hund vom ganzen Kurs. Das ist an sich ganz lustig, wenn man sie sonst rennen sieht. Aber dann steht sie vor einer Hürde (ich dahinter mit Piepsstimme: «Kooooomm dann, Dunya, hooooooch...».) und schaut mich an, als wenn sie absolut nicht wüsste, wie sie *da* drüber kommen sollte, um dann während der Kaffeepause auf den Tisch zu springen (der natürlich doppelt so hoch ist wie die Hürde) und mit ihrem begeistert wedelnden Schwanz die Kaffeetassen vom Tisch zu mähen.

Auch der Breitsprung ist ein unüberwindliches Problem für meine Kleine, obwohl sie sonst mühelos über zwei Meter breite Gräben springt… ohne Anlauf, versteht sich.

Bei der Wand hat Dunya stets die Lacher auf ihrer Seite; sie bleibt nämlich oben drauf eine Weile stehen und sieht sich in aller Ruhe um; das ist zwar nicht der Zweck der Sache, sieht aber witzig aus.

Agility mit Dunya heißt also: ganz viel Geduld mitbringen und eine gute Portion Humor. Meist sorge ich für viel Gelächter und gute Laune bei den anderen Kursteilnehmern, wenn ich alles Mögliche versuche, um Dunya über die Hindernisse zu locken. Aber wenn sie dann einmal begeistert ist, dann muss ich sie wieder bremsen, weil sie sonst zu den inzwischen wohlbekannten „Runden übers Feld" ansetzt und an allen Hindernissen vorbei rast.

So auch bei dem Klubtag am 18. Juni 2000. In einem Anflug von Unzurechnungsfähigkeit hatte ich uns für den Agility-Wettkampf angemeldet.

Es war furchtbar heiß an diesem Tag, und Dunya war also laaangsaaam. Die erste Runde ging ja noch. Sie nahm alle Hindernisse problem- und fehlerlos, auch wenn sie dafür ungefähr fünf Minuten brauchte, während die meisten Hunde das in einer Minute schaffen.

Aber dann der Parcours! Natürlich musste sie dabei über die Wand. Dies Hindernis führt beim Training immer schon zu großem Gelächter, und das war jetzt nicht anders.

Jedenfalls habe ich es dann doch noch geschafft, meine Kleine über alle Hindernisse zu locken. Wir wurden Zweite in der Anfängergruppe, was eine außerordentliche Leistung darstellte, da drei Hunde mitgemacht hatten.

Auch wenn ich mit einem der anderen Hunde an einem Kurs teilnahm, wusste Dunya sich oft meiner Aufmerksamkeit zu versichern. Da sie und Bonita nicht gern allein zu Hause blieben, durften sie mit und wurden in der Zeit am Auto festgelegt.

Die Heckklappe meines Kleinbusses blieb dann offen; drinnen stand ein Hundekorb und draußen unter der Klappe ebenfalls. So konnten die Damen wählen, ob sie im Bus oder draußen liegen wollten, im Korb oder im Gras.

Und auch das 'Fernsehprogramm' konnten sie wählen: entweder dem Agility zuschauen oder aber - viel interessanter - die Umgebung beobachten. Die Wiesen um das Trainingsfeld waren nämlich besonders kaninchenreich.

Gleich beim ersten Mal hatte Bonita, die Greyhoundlady, Dunyas Lederleine durchgebissen. Und ein Kursteilnehmer machte uns darauf aufmerksam, dass „da ein Hund frei lief". Dunya ließ sich entgegen ihrer Gewohnheit jedoch sofort wieder einfangen.

Ich kaufte zwei Leinen, die gänzlich aus Metallketten bestanden und wobei nur die Griffe aus Leder waren. So müsste es doch möglich sein, die Hunde sicher beim Auto festzulegen.

Das ging auch eine Weile gut. Aber eines Abends entschied Dunya, dass sie die Kaninchen lange genug *beobachtet* hatte und wollte Action! Die hilfreiche Bonita biss den Ledergriff von Dunyas Leine durch, und als ich das nächste Mal kontrollierte, ob alles in Ordnung war, saß da nur noch *ein* Hund beim Auto.

Suchen, rufen. Erstmal Kaffee. Wir bereiteten uns auf eine lange Nacht vor.

Aber wir hatten Glück. Tom kam auf die Idee, Flits als Suchhund einzusetzen, und er fand Dunya tatsächlich im Gebüsch. Und was erstaunlich war: Sie kam gleich, als wir sie riefen! Ich denke, dass das iberische Rennwunder dieses Mal in der Nähe geblieben war, weil es auch dort mit all den Kaninchen genug zu erleben gab.

23

Podenco im Schnee

Kälte mochte Dunya nicht besonders. Vor allem als sie älter wurde, hatte sie es schnell kalt und musste im Winter sogar im Haus manchmal einen Fleecemantel anziehen, weil sie zitterte. Aber draußen störte sie die Kälte überhaupt nicht, vor allem wenn Schnee lag. Vor vielen Jahren hatte es einmal über Nacht vierzig Zentimeter geschneit, und ich sehe Dunya noch mit großer Begeisterung durch diese weiße Wunderwelt springen.

Wenn Schnee lag, ließ ich sie meist frei laufen, auch wenn das stundenlanges Warten in Eiseskälte bedeutete. Wie auf dem Spaziergang, als Dunya durch den Schnee stürmte und beinahe sofort aus meinem Blickfeld verschwand...

Als sie nach drei Stunden zurückkam, hatte sie kaputte Fußsohlen. Anscheinend hatte sie einen Kaninchenbau ausgegraben, und Eis und Schnee haben dabei ihren Zoll gefordert. Ein Zeh war sogar entzündet. Wenn ich ihn einrieb, leckte Dunya die Salbe sofort wieder ab; ich musste mir also etwas ausdenken, um sie daran zu hindern. Aus Wollresten häkelte ich einen Pantoffel, den sie im Haus trug, und für draußen kaufte ich einen Gummischuh. Dunya war allerdings ein Meister darin, den Schuh beim Spaziergang zu verlieren, sodass ich so manchen Spaziergang wiederholen musste, um den Schuh zu suchen.

Meist fuhren wir mit dem Auto zu den Stellen, an denen wir spazieren gingen. Die Hunde hatten gelernt, im Auto zu warten, bis ich Dunya angeleint hatte und dem Rest „frei" gab… nur klappte das nicht immer. So manches Mal ist Dunya aus dem Wagen gesprungen, bevor ich sie anleinen konnte. Darum ging ich dazu über, Dunya im Auto angeleint zu lassen; zumindest bis Bonita kam, die regelmäßig die Lederleinen durch nagte. Seitdem musste Dunya also wieder frei im Auto sitzen, und wir konnten nur das Beste hoffen.

Tom hatte einmal das zweifelhafte Vergnügen, Dunya durch den Schnee rennen zu sehen, wenn auch – von Tom aus gesehen – nicht ganz freiwillig. „Kommissar Flits" hat das Problem damals für ihn gelöst.

Toms Erinnerung: Eigentlich hätte ich gleich heute Morgen schon ahnen können, dass das ein schwieriger Tag wird, als die Autotür zugefroren war und ich sie nur mit viel Mühe auf bekam. Wonach sie sich natürlich nicht mehr schließen ließ. Sehr entspannt fährt man gerade nicht, wenn man mit der einen Hand lenken und schalten und mit der anderen krampfhaft die Autotür zuhalten muss…
Die zweite Warnung, dass das ein schwieriger Tag wird kam, als ich endlich alle vier Hunde im Auto hatte. Dunya fand nämlich, dass der Schnee doch recht viel versprechend aussah und dass sie darum noch eine Runde durchs Viertel drehen wollte. Daisy fand das eine prima Idee, das war also Nummer zwei, die durch den Schnee tollte.

Kurz darauf kam Dunya wieder angerannt, für Flits ein Grund, ihr wegen ihres illegalen Spazierganges die Leviten zu lesen. Selbstverständlich außerhalb des Autos. Da Rubis nun auch nicht mehr recht wusste, was Sache war und sie nicht als einzige im Wagen zurückbleiben wollte… richtig geraten. Auch sie sprang heraus.

Nun war ich also genauso weit wie vor einer Viertelstunde, und nicht nur die Temperatur, sondern auch meine Laune sank unter den Gefrierpunkt.

Bei der Heide angekommen, wollte ich tun, was ich jeden Morgen tue: Heckklappe auf, Dunya an die Ausziehleine und den Hunden Zustimmung geben herauszuspringen. Natürlich klappte auch das heute nicht. Nur der erste Teil, das Öffnen der Heckklappe, verlief planmäßig. Anscheinend hatten sie sich beraten, denn alle vier rasten aus dem Auto und waren schon bald aus meinem Blickfeld verschwunden. Das passte mir ja nun gar nicht in den Kram.

Daisy hatte sich inzwischen wieder bei mir eingefunden, und zu zweit machten wir uns auf den Weg über die verschneite Heide. Aus der Ferne hörte ich Dunyas "Beutekeffen".

Große Lust habe ich nicht mehr. Außerdem muss ich etwas mit Judy regeln, da ich ja gleich zur Arbeit muss. Also wird der Spaziergang abgekürzt.

Flits meldet sich, und - versuchen kann man's ja mal -, ich sage: "Flits, wo ist Dunya?" Er schaut mich an und schlägt entschlossen einen Seitenweg ein, sich stets zu mir umschauend. Nach einer Weile verlässt er den Weg und läuft Richtung Heide. Er bleibt stehen, und sobald er sieht, dass ich ihm folge, läuft er fröhlich wedelnd weiter. Trotz allem fängt die Sache an, mir Spaß zu machen.

Nach ungefähr hundert Metern sehe ich doch tatsächlich einen braunen Wedelschwanz mit weißer Spitze. Mehr nicht. Der Rest von dem, was vermutlich Dunya ist, steckt in einem Kaninchenbau.

Nachdem ich sie ein paar Mal rufe, kommt sie kurz heraus, schaut mich wedelnd an und verschwindet wieder unter der Erde. Also mir reicht es jetzt eigentlich.

Da der Schwanz das einzige ist, das ich erreichen kann und sie auf mein Rufen nicht reagiert, habe ich keine andere Wahl als ganz vorsichtig daran zu ziehen. Zum Glück kommt gleich danach eine Hinterpfote in Sicht, gefolgt von dem Rest eines in seiner Arbeit gestörten Podencos. Das Ganze wird interessiert vom Rest der inzwischen wieder vollzähligen Hundegruppe beobachtet.

Als ich Dunya wieder an der Leine habe, ist es an der Zeit, Flits ausgiebig zu belohnen. Ich sehe ihn förmlich vor Stolz wachsen, und er hat allen Grund dazu!

Unsere "Schneeschaufel" ist noch lange nicht fertig und springt in alle Richtungen, aber ich halte die Leine fest in der Hand!

Wenn endlich alles wieder sicher im Auto ist, traue ich mich kaum, die Leine los zu lassen; Dunyas Kopf richtet sich noch sichernd nach allen Seiten, und die Ohren stehen wie Antennen auf "Empfang".

Mit meiner freien Hand helfe ich Rubis ins Auto, und erst im letzten Moment lasse ich Dunyas Leine

129

los, um danach blitzschnell die Heckklappe zu schließen.

Eigentlich habe ich mein Tagespensum schon erfüllt, aber es muss doch noch gearbeitet werden. Zum Glück hören mir die Leute, die sich telefonisch meinen Rat bei Computerproblemen holen, wohl zu….

Ein anderer Schneespaziergang, wieder mit Hilfe von „Kommissar Flits":

Sonntagmittag. Halb fünf. Das ganze Dorf ist tief verschneit und sieht friedlich und märchenhaft aus. Tom, ich und die vier Hunde brechen zum letzten Spaziergang auf. Diesmal bleibt Dunya brav im Auto und wartet, bis Tom alle Leinen in der Hand hat und "Komm" sagt. Wir atmen jedoch etwas zu früh auf. Als sie einmal aus dem Auto ist, gibt Dunya einen genau dosierten Ruck an der Leine und rast, die Leine hinter sich her schleppend, über die Heide und Richtung Wald.

Also kein gemeinsamer Spaziergang. Stattdessen gehen wir auf den leider schon sehr oft erprobten Plan B über: Wir teilen uns auf, und jeder von uns geht in einer anderen Richtung davon.

In der Ferne sehe ich Tom mit Flits laufen, Daisy und Rubis laufen mit mir mit. Es schneit jetzt sehr stark, und die Heide sieht wunderschön aus. Aber leider wird dieses Bild nicht von einem rennenden Podenco belebt.

Nach einer Weile kommen Tom und Flits zurück; auch sie haben keine spanische Schönheit vorbei-rasen sehen, und Toms Bitte an Flits, Dunya zu suchen, blieb diesmal unbeantwortet.

Also trennen wir uns mal wieder.

Plötzlich sehe ich in der Ferne etwas über die Felder rennen. Es kann Dunya sein oder ein Reh. Durch den dichten Schneefall und meine von der Kälte tränenden Augen kann ich es nicht genau erkennen. Vorsichtshalber rufe ich. Falls es ein Reh ist, ist meine Chance, dass es gehorcht wahrscheinlich genauso groß wie bei Dunya... Und ich behalte Recht, denn Reh oder Dunya, nichts Braunes kommt angerannt.

Zum zweiten Mal kommen wir zusammen und setzen eine neue Strategie fest: Ich laufe gemeinsam mit den "weißen Damen" zum Auto - vielleicht kommt Dunya ja dort hin -, während Tom mit Flits durch den Wald nach Hause geht. Es wäre ja möglich, dass Dunya schon allein nach Hause gelaufen ist; es wäre nicht das erste Mal.

Das Auto ist inzwischen ziemlich eingeschneit. Es wird immer dunkler, und es hört nicht auf zu schneien.

Endlich ein Anruf von Tom: Dunya ist wieder da. Während er mit Flits über den Waldweg lief, blieb Flits plötzlich stehen, Ohren auf Empfang, und fing an zu wedeln. Tom bat ihn erneut, Dunya zu suchen, und diesmal schoss Flits ohne Zögern ins Gebüsch. So gut wie so etwas eben im Dunkeln geht, stolperte Tom hinter ihm her, durchs Gebüsch, über angehäufte Zweige, durch den Schnee.

Auf einmal stand ein Podenco neben ihm, und zu dritt suchten sie sich ihren Weg durch den unwirtlichen Wald, um den Fußweg wiederzufinden. Dort wartete ich bereits mit dem Wagen.

Im Auto sage ich zu Tom, wie praktisch es doch ist, dass wir beide ein Handy haben, um uns in so einem Fall verständigen zu können, worauf Tom trocken bemerkt: «Nur schade, dass wir es so oft gebrauchen müssen...».

24

Hundeveranstaltungen

Im Laufe der Jahre haben wir an verschiedenen Hundeveranstaltungen teilgenommen, vorzugsweise solchen, die speziell für Podencos und/oder Windhunde organisiert werden. Meist gab es ein eingezäuntes Gelände, wo Dunya ihre Beine strecken konnte.

Aber wo wir auch hin kamen: Überall begann Dunya mit einer Inspektion nach eventuellen Schwachstellen der Einfriedung. War irgendwo ein Loch im Zaun, oder reichte der Maschendraht vielleicht nicht ganz bis zum Boden? Dunya entdeckte es sofort.

Von dieser „Fertigkeit" habe ich später noch Gebrauch gemacht, als ich die Podencotreffen organisierte. Wenn ich am Anfang Dunya auf dem Gelände laufen ließ und sie nicht ausbrach, konnte ich ziemlich sicher sein, dass das Gelände sicher eingezäunt war.

Dunya hat die Podencotreffen immer sehr genossen; sie war ja ursprünglich der Auslöser für mich, diese Treffen überhaupt zu organisieren. Sie konnte einen Großteil des Tages auf dem eingezäunten Gelände frei laufen.

Je älter sie wurde, desto weniger Gebrauch machte sie allerdings von dieser Möglichkeit. Die letzten Jahre hatte sie oft nach einer oder zwei

Stunden schon genug vom Rennen.

Beim letzten Treffen, an dem Dunya teilgenommen hat, im Mai 2014, ist sie kaum von unserer Seite gewichten. Die meiste Zeit lag sie schlafend im Auto. Ich habe mich gefreut, dass regelmäßig Menschen vorbeischauten, die Dunya kannten und zu unserem Stand kamen, um sie zu begrüßen.

Als Dunya noch jung war, waren wir zwei Mal in Deutschland bei Treffen des spanischen Vereins ALBA Madrid. Auch dort war alles ausbruchssicher eingezäunt. Die meiste Zeit amüsierte Dunya sich mit Graben und Schnüffeln, ab und zu gab's eine Runde übers Gelände. Als ich mich mit Daisy an dem organisierten Slalomlauf beteiligte, hat Dunya für zusätzlichen Spaß gesorgt, indem sie ebenfalls mitmachte, allerdings auf ihre ganz eigene Art und Weise, wodurch der Slalomlauf in komplettem Chaos endete.

Einmal wurde Dunya bei so einem Treffen von einer Wespe gestochen. Dunya war allergisch gegen Wespenstiche; ihr Kopf und ihre Schnauze schwollen an, und sie wurde krank. Bei meinem Tierarzt zuhause bekam sie dann eine Injektion, die sofort half.

Zum Glück war auch hier ein Tierarzt anwesend, aber ich spreche kein Spanisch... mit Händen und Füßen, etwas Englisch und etwas Deutsch erklärte ich ihm, was passiert war. Er verstand mich und konnte Dunya die erlösende Spritze setzen.

Ab und zu nahmen wir auch an organisierten Hundespaziergängen teil, wobei es schon mal vor-

kam, dass gut meinende Menschen Dunya ein-
fingen, weil sie dachten, sie hätte sich verlaufen.
Dabei genoss sie einfach ihren Freilauf, nur eben –
podencotypisch – nicht in unserer Nähe.

Zwei Mal geschah das auf einem Hundestrand. Ich
ließ Dunya immer gleich frei laufen, sodass sie
einige Stunden Zeit hatte um „auszurasen". Aber als
wir vom Strandspaziergang zurückkamen, fragte
jemand vom organisierenden Verein, ob ich
vielleicht wüsste, wem dieser Hund gehört... Tja,
wer war das wohl... ?

Sie hatte Dunya "gefunden", angeleint und eine
Stunde lang auf Dunyas Menschen gewartet.

Beim nächsten Spaziergang passierte das Gleiche.
Es war ja gut gemeint, aber auf die Art kam Dunya
nicht zu ihrem Freilauf, und wir mussten nach
unserem eigenen Spaziergang erneut losziehen, um
Dunya doch noch in Genuss des Freilaufes zu
bringen.

Eines Tages hatten wir uns mit einigen Kursteilnehmern der Hundeschule zu einem Spaziergang
verabredet. Beim Morgenspaziergang war Dunya
abgehauen, in voller Fahrt in den Wald, sodass man
nur noch die weiße Schwanzspitze sah.

Nach anderthalb Stunden sah man sie wieder kurz
vorbei flitzen, aber anhalten... natürlich nicht! Erst
nach dreieinhalb Stunden kam sie, schwarz von der
Erde und grün von den Sträuchern, pitschnass, aber
anscheinend sehr glücklich, aus dem Gebüsch
hervor.

Eine Stunde später müssen wir schon wieder
losziehen, zu besagtem Spaziergang mit den Kurs-

teilnehmern. Es regnet, und es weht eine scharfe Brise, als wir mit zehn Hunden und ihren Menschen zu laufen beginnen. Nach ihrem Abenteuer morgens würde Dunya jetzt doch noch müde sein und nicht abhauen?

Sobald ich ihr „frei" gebe, verschwindet sie. Nach fünf Minuten sehen wir sie noch kurz. Sehr kurz, dann ist sie wieder weg, rennt in die ausgestreckten Felder; das Abenteuer lockt.

Selbstverständlich erreichen wir das Ende des Spaziergangs ohne Dunya. Wir spähen den Horizont entlang, aber das einzige, was wir sehen, sind Schafe, die besser für dieses Wetter ausgerüstet sind als wir.

Tom opfert sich für die erste „Dunya-Wache", während wir anderen bei einem Kursteilnehmer Kaffee trinken gehen; nach einer Stunde sollte ich Tom ablösen.

Der Regen wird immer stärker, und der arme Tom gleicht langsam, aber sicher einem nassen Aufnehmer. Abgesehen von ein paar Fischern – allerdings mit Zelten! – ist er der Einzige, der bei diesem Wetter draußen ist – und sich fragt, ob wir wohl noch in den Genuss kommen werden, diese Landschaft im Mondschein zu bewundern. Wenn wir Pech haben: ja.

Aber siehe da, kurz bevor ich Tom ablösen wollte, sieht er einen fröhlichen, nassen und sehr schmutzigen Hund in der Ferne. Nur die Schwanzspitze ist noch weiß. Tom ruft fröhlich, Dunya kommt, ebenso fröhlich; und ausnahmsweise wollen beide mal das Gleiche: nach Hause!

25

Sonnenkind

In ihren jungen Jahren war Dunya eine ausgesprochene Sonnenanbeterin. Wenn auch nur ein bisschen Sonne in den Garten schien, verlangte Dunya nach ihrer Liege, die ich eigens für sie gebaut hatte.

Der Platz, an dem diese aufgestellt werden sollte, wurde mir auch unmissverständlich mitgeteilt: gegen die Hauswand, voll in der Sonne. Und dass ein weiches Kissen darauf liegen musste, war eh selbstverständlich. Auch wenn die Temperatur in astronomische Höhe kletterte, blieb Dunya in der Sonne liegen.

Wenn sie Glück hatten, durften Daisy oder eine der Katzen sich neben Dunya legen, falls sie sich ruhig verhielten.

Ich hatte oft Angst, dass es zu heiß für Dunya werden würde. Aber meist stand sie, wenn ich gerade vor hatte, sie ins Haus zu schicken, von selbst auf und tauschte ihre Liege ein für die relativ kühle Wohnung. Sie zog sich in ihren Zimmerzwinger zurück, wo sie beinahe sofort wieder einschlief.

Und dieser Wechsel vollzog sich weiterhin so alle halbe Stunde. Kurz abkühlen, dann wieder in die Sonne.

Sogar nachts hatte Dunya keine Probleme mit der Hitze. In meinem Schlafzimmer stieg das Thermometer im Sommer oft auf achtundzwanzig Grad, nicht gerade eine angenehme Schlaftemperatur.

Weil Hunde nicht am Körper schwitzen, sondern ihre Wärme lediglich über die Fußsohlen und durch Hecheln abgeben können, habe ich manchmal versucht, Dunyas Kopf und Pfoten mit einem nassen Waschlappen zu kühlen. Greyhound Bonita fand das sehr angenehm. Aber Dunya zog sofort die Pfoten weg. Sie hatte es lieber warm...

Der Vorteil der Sommermonate – wenn diese zumindest auch sommerliche Temperaturen mit brachten – war, dass Dunya lieber im und am Wasser blieb, als in den Wald zu rasen. Auf die Art blieb sie in Sichtweite, und ich konnte den Anblick meiner schönen, eleganten und unglaublich wendigen Podenca genießen.

Im Sommer gingen wir darum oft an Heideseen oder an Gräben entlang spazieren. Dunya suchte das gesamte Ufer nach Wasserratten ab – vermute ich mal.

Natürlich ging es nicht immer gut...

An einem schönen Sommertag fahre ich zu einem See, sodass die Hunde sich abkühlen können. Dunya steht am gegenüber liegenden Ufer; ich rufe sie, und sie kommt durchs Wasser in gerader Linie auf mich zu. Ich bin sehr stolz auf mein Podencomädchen... bis ich sehe, dass eine Ente etwa zwanzig Meter vor Dunya her schwimmt, zufällig in meine Richtung. Ich bin wieder um eine Illusion

138

ärmer, denn als die Ente weg dreht, tut Dunya es ihr nach, und nun schwimmen also beide schwesterlich von mir weg.

Als die Ente mit ein paar Flügelschlägen den Podencobereich verlassen hat, ist sie nicht mehr interessant, und Dunya richtet ihre Aufmerksamkeit wieder aufs Ufer. Nein, natürlich nicht auf das Ufer, an dem ich stehe, sondern auf das gegenüber liegende... Sei's drum, ich laufe mit den anderen Hunden zurück zum Parkplatz.

Kurz davor höre ich das Geräusch einer galoppierenden Pferdeherde – so klingt es, wenn Dunya den fünften Gang eingelegt hat. Nur schade, dass sie vergisst zu bremsen, sondern in einer fließenden Bewegung an mir vorbei rennt und auf der anderen Seite wieder in den Wald.

Ich rufe sie – ha, ha! – und tue dann etwas für sie Unerwartetes. Ich lade die Hunde in den Wagen und fahre weg. Nicht dass das so eine geniale Idee ist, ich habe das schon früher mal versucht, ohne Erfolg. Aber dieses Mal konnte Dunya noch nicht allzu weit weg sein und würde wahrscheinlich das Motorgeräusch noch hören können. Es war also einen Versuch wert.

Dunya fand das eine ganz blöde Aktion von mir, kam aber angerannt; in wenigen Sekunden hatte sie die ganze Sandfläche überquert. War sie nun brav... oder eher nicht?!

Manchmal musste ich mir schon Mühe geben, um meinen Ärger über Dunyas Verhalten herunterzuschlucken und mir die angenehmen Seiten des Spaziergangs und Dunyas Humor vor Augen zu halten. Wie kein anderer Hund hat Dunya mich gelehrt, was Geduld bedeutet.

Zum Beispiel als wir an einem Bach entlang liefen. Anfangs bleibt Dunya noch in meiner Nähe, aber der Abstand wird immer größer, und auf mein Rufen reagiert sie nicht.

Nach einer Weile sehe ich, wie Dunya den Weg verlässt und ins Grasland überwechselt. Keine gute Idee, denn das ist, laut den dort angebrachten Schildern, ein Naturschutzgebiet, das man nicht betreten darf. Dunya denkt darüber anders.

Als sie ihrer Meinung nach das Grasland ausgiebig genug untersucht hat, kommt sie wieder auf den Weg zurück und begrüßt ihre Hundefreunde. Mir kommt sie aber wohlweislich nicht zu nahe, sodass ich sie nicht greifen kann, selbst wenn ich wollte, ignoriert selbstverständlich wieder mein Rufen und rast an mir vorbei. Anscheinend findet sie das ein tolles Spiel – mir gefällt es weniger gut – und wiederholt es einige Male.

Es sind fünfunddreißig Grad im Schatten. Nachdem sie die nötigen Runden gerannt hat, findet Dunya es an der Zeit, sich abzukühlen, springt in den Bach und schwimmt ein paar Runden. Ich habe es inzwischen auch heiß, und daran ist nicht nur die Außentemperatur Schuld.

Als Dunya also wieder ans Ufer kommt, packe ich sie ohne viel Federlesens beim Halsband, leine sie an und nehme sie mit zum Auto. Mir reicht's!

Als Dunya jung war, machte Hitze ihr überhaupt nichts aus, im Gegenteil: Wie bereits berichtet, konnte sie stundenlang in der Sonne „braten". Als sie älter wurde, änderte sich das erstaunlicherweise. Viele alte Hunde suchen doch gerade die Wärme, aber Dunya nicht. Sie legte sich gar nicht mehr in den Garten, sondern blieb im Haus, wenn das Thermometer über die zwanzig Gradgrenze kletterte.

Auf den Spaziergängen machte ihr die Wärme allerdings nichts aus, denn auch wenn es sehr heiß war, rannte Dunya noch begeistert über die Heide.

Und das ist so geblieben, bis an die letzte Woche ihres Lebens. Ihre Bewegungen wurden steifer, der Abstand, den sie rannte, wurde kürzer und das Tempo geringer. Aber Dunya ist für mich immer ein Synonym für „rennen" gewesen, und das ist so geblieben.

26

Winterpodenco

Wieder mal Schnee in Drenthe. Dorf, Wald und Felder sehen märchenhaft aus, und die Hunde genießen in vollen Zügen, außer Dunya, der ich – nach zu vielen und zu langen Ausschweifungen in der letzten Zeit – wieder eine Weile Leinenzwang auferlegt habe.

Aber wegen des herrlichen Schnees und Dunyas bittendem Blick beschließe ich, dass sie wieder mal mitmachen darf. Dazu gehören bei diesen Temperaturen allerdings die nötigen Vorbereitungen. Also werden Kaffee, belegte Brote, Hundeleckerchen, Hundepfeife, Kreuzworträtsel und Decken für mich und die eventuell übrig bleibenden Hunde ins Auto geladen.

Die erste Viertelstunde verläuft nach Plan. Ich rufe Dunya ein paar Mal, sie kommt brav zu mir, nimmt ihre Scheibe Wurst in Empfang und darf dann wieder weg. Das mache ich jetzt immer so beim Freilauf, damit sie lernt, dass sie nicht sofort angeleint wird, wenn sie zu mir kommt.

Bei den meisten Hunden klappt das gut; bei Dunya klappt es manchmal gut, manchmal nicht und manchmal ein bisschen.

Heute ist es „ein bisschen", denn nach der ersten erfolgreichen Viertelstunde haut sie ab. Ich gehe mit Flits, Bonita und Daisy noch eine Stunde spazieren; danach warten wir im Auto.

Der Kaffee ist alle; zwei Butterbrote habe ich mir noch aufgehoben - wer weiß, wie lange das noch dauern kann.

Dunya hat kein Mäntelchen an, weil ich Angst hatte, sie könne daran hängen bleiben. Also hoffe ich von Herzen, dass ihr bei fünf Grad unter Null doch so langsam auch mal kalt wird und sie den Weg zum Parkplatz einschlägt.

Danach sieht es allerdings nicht aus, also fangen wir mit der zweiten Runde an; denn im Auto ist es jetzt doch auch recht kalt, eine "kurze" Runde dieses Mal, und nach dreiviertel Stunden sind wir wieder beim Auto. Und wer erwartet uns dort? Aber sicher doch, Frau Podenco.

Sie sieht nach drei Stunden Herumrasen so müde aus, dass ich mir nicht mal die Mühe mache, sie anzuleinen. Sie kann gar nicht schnell genug ins Auto springen, und unter Dunyas ununterbrochenem Winseln, Stöhnen und Klagen können wir endlich wieder nach Hause.

Der Grund für ihr Wehklagen wird schon bald deutlich: Ihre Fußsohlen sind etwas rau; wahrscheinlich hat sie wieder versucht, durch die dicke Eisdecke einen Kaninchenbau auszugraben. Das ist ja schon einmal passiert. Sie hat auch einen Muskelkater und läuft recht steif. Ich reibe ihre Pfötchen mit einer speziellen Salbe ein, die Dunya – wie immer - sofort ableckt.

Zwei Tage nach diesem Abenteuer sind ihre Muskeln noch immer nicht wieder hergestellt. Bis halb zehn bleibt sie morgens im Bett liegen, und dann muss ich sie noch abholen zum Spaziergang.

Sie zieht kaum an der Leine und läuft das erste Stück immer noch etwas steif.

Mittags weigert sie sich ganz ausgesprochen, noch mal mit raus zu gehen (um von abends ganz zu schweigen), und ihr Essen lässt sie sich auf der Couch servieren. Das habe ich noch nie bei ihr erlebt, nicht mal, als sie neun Stunden weg war.

Auch mit Glatteis hat Dunya Erfahrung gemacht. Zum Glück passiert es selten in den Niederlanden, dass man wegen des Glatteises buchstäblich nicht aus dem Haus kann. Aber einmal war es so schlimm, dass die Straße vor dem Haus ein richtiger Spiegel war. Was soll man dann machen, wenn man einige Hunde in der Gruppe hat, die sich weigern, sich im Garten zu lösen?

Die einzige Möglichkeit: Ich öffnete die Haustür und sagte:"Geht mal!". Dunya kam das verdächtig vor, dass sie ohne Leine auf die Straße geschickt werden sollte, und blieb erst mal stehen. Als ich sie ermunterte, schaute sie mich zwar ungläubig an, stürmte dann aber begeistert aus der Tür. Zumindest hatte sie das vor. Aber nach dem ersten Schritt stand sie am Ende der Auffahrt. Sie hatte große Ähnlichkeit mit Bambi aus dem gleichnamigen Zeichentrickfilm. Es sah recht lustig aus, aber natürlich war es eigentlich nicht schön für die Hunde.

Am nächsten Tag hatten wir zum Glück das Schlimmste hinter uns, was das Glatteis betraf, und konnten wieder ganz normal spazieren gehen.

27

Im Auto

Dunya genoss unsere Autofahrten früher sehr. Meist fing sie dann an zu „singen". Ihre Serenaden enthielten alles, vom lauten Gähnen bis zum Bellen und Jaulen. Malteser Daisy sorgte für die Background Vocals in Form eines etwas kläglichen, hohen Heulens. Manchmal begleitete ich die Hunde beim Heulen. Aber oft war ich auch einfach nur froh, wenn wir unser Ziel erreicht hatten, weil das Konzert von vier Hunden in dem geschlossenen Wagen doch sehr laut schallt.

Eine Weile war ich die stolze Besitzerin eines fünfzehn Jahre alten Mercedes Kombi. Er hatte sich noch gut gehalten, hatte aber seine Macken, trotz neuer Batterie und Auspuff, die ich ihm geschenkt hatte. Wenn Dunya, die hinten saß, mit den Pfoten schlug, schloss sie manchmal mit dem sich im Innenraum befindlichen Hebel die Heckklappe ab.
Nun ist das bei einem normalen Auto kein Problem, öffnet man die Heckklappe eben mit dem Schlüssel. Aber bei meinem Schlitten war das Schloss kaputt. Also musste ich durch die Hintertür ins Auto krabbeln, mühselig das Sicherheitsgitter ausbauen und Dunya überreden, über die Lehne des Rücksitzes zu klettern. Es geht, aber leicht ist es nicht.

Am 30. Mai 2003 kam Pacho unsere Hundegruppe verstärken. Ein prächtiger Riese, Mastin Español.

Für Dunya hatte das vor allem praktische Folgen für ihren Liegeplatz im Auto. Das wurde nämlich „umgebaut", um Platz für Pacho zu schaffen. Denn Pacho hatte eine Widerristhöhe von achtzig Zentimetern und wog – als er sich vom Elend in Spanien erholt hatte – achtzig Kilo.

In meinen Kleinbus kam also ein erhöhter Liege-platz für Dunya und Bonita. Dunya gefiel das ausge-zeichnet, denn jetzt konnte sie unterwegs aus dem Fenster sehen und mir auch noch auf gleicher Höhe ins Ohr „singen".

Im Alter mochte Dunya keine langen Autofahrten mehr. Bei den Spaziergängen gab das keine Schwie-rigkeiten, weil wir dazu nicht weit zu fahren brauchten. Aber größere Abstände wurden ein Problem.

Meistens planten wir diese Fahrten so, dass wir an einem Tag hin und zurück konnten. Da Dunya viel schlief, fand sie es nicht schlimm, einige Stunden allein zuhause zu bleiben. Eine liebe Nachbarin kümmerte sich dann um sie, setzte sich eine Weile zu ihr und ging mit ihr spazieren. Das ging gut.

Ausnahme war das Podencotreffen, das ich alljährlich organisierte. Auch nach Oss war es eine lange Fahrt, aber ich habe Dunya trotzdem bis zum Schluss immer mitgenommen, das letzte Mal im Mai 2014.

28

Regen

Regen mochte Dunya gar nicht und übersprang dann sogar manchmal einen Spaziergang. Sie kuschelte sich demonstrativ in ihren Korb oder aufs Sofa, rollte sich ganz klein zusammen und schien auf das Format eines Schoßhündchens reduziert. Die Augen kniff sie fest zusammen, wie ein kleines Kind, das denkt: Wenn ich dich nicht sehe, siehst du mich auch nicht.

Aber *wenn* sie mitging, genoss sie die Spaziergänge, zumindest wenn sie dabei ihren Freilauf bekam.

Nach anhaltendem Regen waren die Spaziergänge manchmal abenteuerlicher, als mir lieb war. Einmal gingen wir im Wald spazieren, wo die Wege nach schwerem Regenfall ziemlich unter Wasser standen. Solange das Wasser mir bis knapp unter die Knöchel reichte, war das in Ordnung. Denn meine Schuhe sind wasserdicht. Meine Socken allerdings nicht. Und da ich meine Schwimmflossen gerade nicht dabei hatte und man auch sagt, dass Greyhounds nicht schwimmen können, sah ich mich gezwungen, einen alternativen Weg einzuschlagen.

Darüber welchen Weg wir wählen sollten, konnten wir uns jedoch nicht so recht einig werden. Ich wollte so nahe wie möglich am ursprünglichen Weg bleiben, um mich nicht zu verlaufen.

Flits war damit einverstanden und führte uns dicht an diesem Weg entlang zwischen Gebüschen und wilden Brombeersträuchern, wo ein Hund sich allerdings leichter fortbewegen konnte als sein Mensch.

Bonita schritt (ja, sie schritt) dicht hinter mir und achtete darauf, Wasser, Matsch und Brombeerzweige so viel wie möglich zu vermeiden.

Meine Podenca schlug vor, wenn wir dann schon vom Wege ab mussten, das auch gründlich zu tun und über die bewaldeten Hügel zu laufen.

Malteser Daisy schließlich fand, dass wir uns alle furchtbar anstellten. Mit Elan, viel Spritzen und noch mehr Spaß raste sie durchs Wasser, wobei sie an den tiefsten Stellen fast schwimmen musste.

Ich musste sehr aufpassen, um meine Knöchel nicht zu verstauchen, aber die Hunde fanden es herrlich. Dunya kletterte höher und höher («So kriegst du garantiert keine nassen Füße, und... eh... da ist auch noch ein Kaninchenbau...»). Flits tat sein Bestes als Spürhund.

Ach, sie sorgen doch so gut für mich. Und ich für sie. Denn nach dem wohlverdienten Frühstück lagen alle auf den verschiedenen Sesseln und Sofas und schliefen. Und ich gönnte mir auch ein paar Butterbrote.

Ein Morgen im Oktober 2005: Ich bin spät dran, und um die Hunde nicht noch länger warten zu lassen, gehe ich ohne Kaffee aus dem Haus. Das konnte ja nicht gut gehen.

Dunya darf frei laufen, und anfangs noch wohlgemut marschiere ich mit meinen fünf Hunden durch den strömenden Regen.

Der immer fröhliche Flits und Daisy fühlen sich wohl, Greyhound Bonita strahlt mit diesem Wetter trotz Mäntelchen nur eins aus: Das macht keinen Spaß!

Dunya bleibt eine Viertelstunde in Sichtweite, bevor sie im Wald verschwindet, und Pacho, der Macho Mastin, fängt sofort zu rennen an, da er – wie immer morgens – erst mal seine aufgestaute Energie loswerden muss.

Die war er nach einer Stunde los; für uns galt das Gleiche, nur für Dunya anscheinend nicht. Nachdem wir noch kurz im Auto gewartet haben, brechen wir also – inzwischen weniger wohlgemut – zum zweiten Spaziergang auf. Der Regen schlägt wie Peitschenhiebe auf uns nieder, und jetzt gefällt es niemandem mehr. Mit leerem Magen bin ich eigentlich auch nicht zu solchen Abenteuern aufgelegt. Darum fahre ich mittags nach Hause, um etwas zu essen und die Hunde zu versorgen.

Als ich kurze Zeit später wieder den Waldweg einschlage, sehe ich in der Ferne etwas aus dem Wald gerannt kommen. Kein Reh, kein Kaninchen, sondern eine nasse, schmutzige Podenca, die in gerade Linie aufs Auto zu kommt. Ihre Haltung strahlt Demut aus, die Ohren sind nach hinten geklappt. Sie ist so müde, dass ihre Augen immer wieder zu fallen.

Wieder ein Spaziergang, der mich fast den ganzen Tag gekostet hat.

Die letzten Monate ihres Lebens wollte Dunya oft nicht mit spazieren gehen, auch wenn eine angenehme Temperatur herrschte – nicht zu warm und nicht zu kalt – und es nicht nass war.

Normalerweise mache ich daraus kein Problem; bei Hundeopa Toby, einen Sabueso, den ich 2010 aufgenommen habe, ist das regelmäßig der Fall, weil er es einfach unglaublich genießt, in seinem gemütlichen Korb liegen zu dürfen.

Aber Dunya hatte von Anfang an einen speziellen Platz in meiner Hundegruppe inne. Zudem wusste ich: Es war vor allem das Aufstehen und nach draußen gehen, wozu sie keine Lust hatte. Einmal draußen, genoss sie den Spaziergang, wuselte herum und schnüffelte gern und viel.

Wenn es Zeit für den Spaziergang war und sie liegen blieb, versuchte ich darum meist, sie umzustimmen. Ich redete ihr gut zu und zeigte ihr die Leine. Oft änderte sie dann ihre Meinung und ging doch noch mit.

29

Kontakt mit fremden Hunden

Dunyas Kontakt mit unbekannten Hunden verlief meist problemlos. Beim Freilauf hatte sie sowieso kaum Interesse an ihnen und war vor allem aufs Weglaufen fixiert.

14. Februar 1999: Auf dem Spaziergang habe ich Dunya frei gelassen, um mit zwei Deerhounds zu spielen. Sie ließ die beiden aber links liegen und schoss lieber wie der Blitz den Radweg entlang. Tom hat sie erst nach Stunden wiedergefunden.

Selten begegneten wir auf unseren Spazierwegen mehreren Hunden gleichzeitig. Aber einmal hatten wir eine richtige Hundeparade mit einem Belgischen Schäferhund, Rottweiler, Deutschen Schäferhund und Staffordshire Welpen. Und beim Näherkommen entdeckte ich auch noch etwas ganz Kleines und drei Jack Russel Terrier.

Upps... Ich setzte fast buchstäblich meine Hacken in die Erde, wollte Dunya an ihrer Ausziehleine doch mit jedem einzelnen von ihnen Bekanntschaft machen und spielen. Zudem war die Kombination von Bonita mit kleinen Hunden, wenn sie dann auch noch anfingen zu rennen, nicht immer gelungen.

Zum Glück waren die Kleinen recht wehrhaft und kamen laut kläffend - Angriff ist die beste Verteidigung – angeschossen. Bonita hatte Angst vor allem, was bellt, das ging also gut.

Und Dunya stand Auge in Auge mit so einem kleinen kläffenden Monstrum, rührte sich nicht vom Fleck und schien sagen zu wollen: «Mensch, warum regst du dich denn bloß so künstlich auf?!» Sie wusste einfach nicht, was sie mit der Kleinen anfangen sollte, es war wirklich ulkig.

Ein anderes Mal trafen wir auf eine Hundegruppe, die ein wenig meiner eigenen ähnelte: Schäferhund, Portugiesischer Podengo, Greyhound und Dackel. Der Podengo und der Dackel liefen an der Leine; der Greyhound kam sich ruhig und höflich auf Windhundeart vorstellen; der Schäferhund hatte Lust auf ein Spielchen. Dunya ging nur zu gerne darauf ein und rannte mit...

Etwas behindert durch die Leine konnte sie zwar nur im Kreis laufen, aber sie hatte irrsinnigen Spaß dabei. Ich musste allerdings höllisch aufpassen, dass keiner der anderen Hunde über die lange Leine stolperte.

In ihren späteren Jahren wurde Dunya weniger sozial und konnte auch schon mal einen fremden Hund anmachen, wenn sie an der Leine war. Manchmal war das Verhalten damit zu erklären, dass der andere Hund – zu wild – spielen wollte und Dunya dazu keine Lust verspürte. Aber oft konnte ich auch gar keinen Grund für ihr Verhalten entdecken.

Manchmal konnte Dunya, obwohl Podencos im Allgemeinen sozial sind und versiert im Umgang mit

Artgenossen, mit ihrem Verhalten voll daneben liegen.

Auf dem Rückweg unseres Spaziergangs sah ich eine Gruppe von fünf Shar Peis in unsere Richtung kommen. Und Dunya meinte, unbedingt in voller Fahrt mitten in dieses Rudel hineinrennen zu müssen. Als Hund allein ist das nicht so eine gute Idee. Das fanden die Shar Peis auch, und sie reagierten genauso wie meine Hunde reagieren, wenn ein fremder Hund sie dermaßen grob provoziert: «Die machen wir platt!»

Die Hunde hatten einander vor ein paar Jahren mal kennengelernt, als zwei der Shar Peis noch Welpen waren. Vielleicht erkannte Dunya sie ja und wollte nur «Hallo!» sagen, wer weiß. Jedenfalls lag sie kurz darauf auf dem Rücken, umgeben von den Shar Peis, und schrie.

Ich blieb ruhig stehen, damit es nicht zur Eskalation käme und meine anderen Hunde sich vorzugsweise aus der Sache heraushielten. Besorgt war ich nicht, denn ich erkannte Dunyas Schrei als «Man-kann-ja-nie-wissen» und nicht als «Hilfe-die-fressen-mich!».

Aber was machte tapfere Daisy? Der Dreikäsehoch stürzte sich mit Todesverachtung und gefährlich bellend – versuchte sie zumindest – in das Getümmel. Nun fand Mastin Pacho es wohl an der Zeit, ein Machtwort zu sprechen, und stiefelte ebenfalls dort hin.

Wie die Zusammenkunft verlief, konnte ich nicht sehen, denn ich hatte alle Hände voll zu tun, die übrig gebliebenen Hunde in Schach zu halten. Wahrscheinlich ging es gut, denn ich hörte keine

153

alarmierenden Geräusche von Seiten der Hunde. Dunya bekam jedenfalls die Chance, von ihren Belagerern abzuhauen und kam Schutz suchend zu mir. Das hat mich gefreut, denn sie war immer so unabhängig und, wenn sie draußen war, kaum zu irgendeiner Form von Kontakt bereit. Jetzt ließ sie sich nur allzu gern anleinen, die Leine gab ihr in dem Moment wohl ein Gefühl der Sicherheit, und wir konnten weiter.

30

Am See

Ich wohne in einer landschaftlich schönen Gegend, wo es früher sehr viele Stellen gab, wo ich mit den Hunden spazieren gehen konnte. Leider hat das Forstamt vor einigen Jahren beschlossen, unsere Freiheit drastisch zu reduzieren. Die Schilder „Hunde an die Leine" schossen wie Pilze aus dem Boden.

Fast all meine Spazierwege sind hiervon betroffen, so auch der Heidesee, der so verborgen im Wald liegt, dass selbst im August die allgegenwärtigen Touristen ihn nicht finden, und der früher einer meiner Lieblingsplätze war. Es war auch die Stelle, an der Dunya, am See oder auf der angrenzenden Sandfläche, oft und lange weg war.

Montag. Dunyatag. Sie darf wieder frei laufen, und als wir beim Heidesee ankommen, ist sie zusammen mit den beiden Rüden sofort verschwunden. Bonita rennt ein Stück, kommt aber gleich wieder zurück, und Daisy bleibt natürlich bei mir.

Zu dritt erreichten wir also den Heidesee. Ich genieße das immer sehr. Die Umgebung ist herrlich, und es ist sehr ruhig dort. Daisy gräbt sich eine schwarze Schnauze, und Bonita wuselt ein bisschen herum, vergisst aber nie, zwischendurch ein paar Streicheleinheiten bei mir zu holen. Pacho und Flits schauen auch mal wieder vorbei und streunen das Ufer entlang.

Nach einer Dreiviertelstunde gehen wir zum Auto zurück, wo ich schon von Weitem etwas Rot-Weißes stehen sehe, das sich fast den Schwanz ab wedelt. Dunya ist zurück!

Anscheinend freut sich Daisy darüber genauso wie ich, denn sie rast zu ihr hin und lädt Dunya zum Spielen ein. Die beiden fangen an zu rennen, aber leider rennt Dunya wieder in den Wald... und ist spurlos verschwunden.

Tapfer lade ich die Picknicksachen aus; bei diesen Ausflügen bin ich auf alles vorbereitet, das lernt man mit einem Podenco. Ich habe meine Thermoskanne mit Kaffee noch nicht mal ausgepackt, als ich in der Ferne Dunyas Beutekeffen höre.

Als ich mit dem Essen fertig bin, lade ich die Hunde ins Auto und gehe mit Flits los, um Dunya zu suchen. Ihr Bellen kommt jetzt ganz aus der Nähe, das sollte also leicht sein.

Und das ist es auch. Flits zieht, was sonst gar nicht seine Art ist, und als ich ihn ableine, stürmt er zielstrebig in den Wald. So gut es geht, folge ich ihm und sehe ihn auch schon bald am Ausgang eines Kaninchenbaus schnüffeln.

Ich sehe noch zwei Ausgänge, und vor einem davon liegt tatsächlich ein Podenco. Anscheinend erwartet Dunya, dass die Kaninchen, angelockt von dem betörenden Hundeduft, ihr spontan in die Schnauze laufen. Aber die klugen Kaninchen bleiben wo sie sind: unter der Erde.

Problemlos lässt Dunya sich anleinen und mitnehmen zum Auto. Insgesamt hat dieser Ausflug zwei Stunden gedauert, das geht also noch. Und wir haben ihn alle sehr genossen.

Eines sonnigen Tages fuhr ich wieder mal an diesen See, um ein paar Fotos von Bonita zu machen und – hoffentlich – Dunya beim Rennen zu fotografieren.
Leider verschwand Dunya recht schnell im hohen Schilf. Nach dem Spaziergang lief ich also mit den anderen vier Hunden zurück zum Auto und las eine Weile. Ich merke doch immer, wenn Dunya wiederkommt, an der Reaktion der anderen Hunde, und sie selbst macht auch immer einen ziemlichen Zirkus bei ihrer Rückkehr.
Aber als ich zufällig aufschaute, sah ich Dunya neben dem Auto stehen und aus einer Pfütze trinken, ohne dass ich eines der bekannten Vorzeichen vernommen hatte.
Ich stieg aus und wollte sie anleinen, wie immer, wenn sie freiwillig zum Auto zurückkommt. Denn das bedeutet, dass sie vom Rennen und Schnüffeln genug hat.
Aber es ging nicht „wie immer", denn Dunya rannte weg. Auf einer großen Sandfläche in der Ferne bleib sie stehen. Ich rief sie, sie drehte sich auch brav zu mir um, entschied dann aber wohl, dass eine Stunde viel zu kurz ist bei diesem herrlichen Wetter und schlenderte in der anderen Richtung davon. Und wenn Dunya „schlendert", ist das immer noch viele Male schneller als mein Lauftempo. Es hatte also wenig Sinn, hinter ihr herzulaufen. Außerdem ist es sowieso nicht klug, hinter seinem Hund her zu rennen, außer in

gefährlichen Situationen. Für ihn ist das nur ein tolles Spiel.

Nach einer zweistündigen vergeblichen Suchaktion in Begleitung von Flits und Daisy («Flits, wo ist Dunya? Such!» - «Huh??») hatte ich die Nase voll und entschloss mich zu einer Kaffeepause.

Als Erkennungszeichen für Dunya ließ ich ein Handtuch liegen und eine Notiz mit der Bitte, das Handtuch liegenzulassen – Letzteres nicht für Dunya, sondern für eventuelle Spaziergänger, damit sie nicht Dunya, das Handtuch oder beides mitnehmen. Das hatten wir ja schon mal!

Als ich zurückkam, lag das Handtuch noch da, aber leider lag kein Podenco darauf. Also noch mal zum Heidesee.

Auf halber Strecke schloss sich tatsächlich ein ziemlich müder Podenco bei uns an. Dunya blieb brav in unserer Nähe, und ich überlegte mir schon, ob ich sie ohne Leine mitnehmen sollte. Aber so ganz vertraute ich dem Braten denn doch nicht und habe sie vorsichtshalber angeleint. Denn auch wenn es schönes Wetter war, noch mal drei Stunden: nein, danke!

Auch beim nächsten Mal geht es dort schief mit dem Freilauf. Dieses Mal blieb Dunya ziemlich lange bei mir, bevor sie beschloss, dass das hohe Gras in der Ferne mehr Perspektiven bot als der See, und sich auf den Weg machte.

Wie so oft liefen wir also zum Auto zurück, und dann hieß es wieder: warten, warten, warten. Nach einer Weile begann es stark zu regnen, aber das störte Dunya anscheinend nicht. Nach zwei Stunden kam sie, pitschnass und schmutzig, an. Als ich sie ins Auto laden wollte, haute sie wieder ab, genau wie beim letzten Mal.

Also wieder warten.

Plötzlich hörte ich sie bellen; sie musste ganz in der Nähe sein. Also stieg ich aus und versuchte, das Bellen zu orten. Daisy, aufgeregt winselnd, folgte mir.

Ich fand Dunya dann auch, ungefähr zwanzig Meter Luftlinie vom Auto entfernt, mit ihrem Kopf in einem Kaninchenbau. Als ich sie rief, schaute sie auf... und ich hielt den Atem an. Aber ich hatte Glück, sie haute nicht wieder ab, sondern blieb stehen, bis ich bei ihr war, und ließ sich sogar anleinen.

Wieder war ich spät zuhause; wieder sind so viele Arbeiten liegen geblieben, die ich mir vorgenommen hatte. Na ja, morgen geht's besser... vielleicht.

Warum ich Dunya dann doch so oft frei laufen ließ... ach, sie hat es so genossen. Und für mich war es auch eine Freude, sie rennen zu sehen... wenn ich sie zumindest sah.

Ein herrlicher Januarmorgen. Strahlende Sonne an beinahe wolkenlosem Himmel. Ein idealer Tag also, um Dunya ohne Leine die Umgebung erkunden zu lassen und mit den anderen vier Hunden einen schönen Spaziergang zu machen.

Was für ein Fest ist es, als ich allen Hunden "frei" gebe! Eine Explosion von Pfoten, Muskeln, Kraft, Schnelligkeit!

159

Dunya ist natürlich fast sofort aus meinem begrenzten Gesichtsfeld verschwunden.

Auf dem Rückweg laufen wir an einem Naturschutzgebiet vorbei, das von einem elektrischen Weidezaun umgeben ist. Dort war Dunya früher schon einmal irgendwie herein- aber nicht selbst wieder herausgekommen. Aus dieser Richtung hörte ich in regelmäßigen Abständen ein Bellen, das sehr wohl von meiner spanischen Schönheit kommen könnte. Also mache ich mich auf die Suche; Daisy darf mir den Weg zeigen.

Dunya ist recht leicht zu orten, denn jedes Mal, wenn ich rufe, bellt sie eine Antwort. Das Bellen kommt immer aus derselben Richtung, also möglicherweise sitzt sie ja irgendwo fest. Nur schade, dass es mitten aus den Wacholdersträuchern kommt. Als Malteser hat Daisy damit nicht so viel Mühe, aber für mich ist es - auch noch mit zwei Hunden an der Leine - gar nicht so leicht, mich durch dieses Dickicht zu schlagen. Dazu ist es sehr hügelig, und das glatte Moos ist beim Klettern auch keine große Hilfe.

Aber nach einer Viertelstunde sehe ich dann doch etwas Weißes zwischen den Sträuchern. Dunya sitzt tatsächlich „fest", ja. Fest *geschnüffelt*. Bei meinem letzten «Dunya!» kommt ein interessierter Kopf aus einem Kaninchenbau. «Jaaaa????» Ich hatte mich also völlig unnötig durch dieses Dickicht geschlagen, denn Dunya hätte leicht zu mir kommen können... wenn sie das gewollt hätte.

Nachdem Dunya ihrer Meinung nach mir und dem Rest der Hundegruppe genügend Aufmerksamkeit gezollt hat, taucht sie wieder in den Kaninchenbau ab. «Toll, dass ihr jetzt auch da seid, Leute, aber jetzt muss ich weiter graben».

Wie es des Öfteren der Fall ist, kann ich ihr auch dieses Mal nicht zustimmen, und es gelingt mir, sie aus dem Kaninchenbau zu bekommen und anzuleinen. Nun muss ich also noch den Rückweg finden, diesmal mit drei Hunden an der Leine. Dass Bonita nun mal nicht für Wuseln durch Sträucher gebaut - und dazu auch absolut nicht bereit! - ist und dass Dunya immer noch in alle Richtungen rasen will, ist dabei nicht sehr hilfreich.

Zum Glück finde ich recht schnell einen begehbaren Pfad. Nun noch den Ausgang. Dank meines phantastischen Orientierungssinnes gelingt es mir, um ausgerechnet den Ausgang zu finden, der am weitesten von dem geplanten Rückweg entfernt liegt. Aber ich bin schon froh, wenigstens aus dem Naturschutzgebiet raus zu sein.

Wir kommen an einer Weide mit Ponys vorbei; die habe ich auf dem Hinweg auch gesehen. So kann ich mich zumindest orientieren, auch wenn es ein Umweg von einer halben Stunde ist, um zum Ausgangspunkt unseres Streifzuges zurück zu gelangen.

31

Urlaub

Dunya ist nicht oft mit in Urlaub gewesen. Meist blieb sie mit ihren Dogsittern zuhause, Menschen die sie liebte und die sie auch liebten. Für Dunya war es auch ein bisschen Urlaub: Sie brauchte die Aufmerksamkeit nicht mit den anderen Hunden zu teilen, und die Dogsitter gingen stundenlang mit ihr spazieren.

Ob es ihr gefallen hatte, merkte ich immer sofort, wenn ich wieder nach Hause kam. Wenn sie fröhlich an gewedelt kam, um mich zu begrüßen, danach aber wieder ihren Korb aufsuchte und weiter schlief, wusste ich, dass sie eine gute Zeit gehabt hatte.

Ganz anders war es, als ich Dunya einmal in einer Hundepension unterbrachte. Durch einen plötzlichen Sterbefall in der Familie hatte ich keine andere Wahl. Die Pension versprach mir, Dunya nicht allein im Zwinger zu halten; und schweren Herzens ließ ich sie dort zurück.

Ich erschrak, als ich sie nach zwei Tagen wieder abholte. Dunya war furchtbar gestresst. Die Inhaberin der Pension erzählte mir, dass sie Dunya allein in einem Zwinger halten „mussten", da die anderen Hunde ihr das Futter weg fraßen. Auf die Idee, die Hunde lediglich während der Mahlzeiten zu trennen, ist sie anscheinend nicht gekommen. Wenigstens ist

Dunya jeden Tag auf der Spielwiese gewesen, aber das hat ihre Zeit dort auch nicht viel erträglicher gemacht.

Während der ganzen Fahrt nach Hause, Dreiviertelstunde lang, klagte Dunya, winselte, bellte und heulte. Es ging mir sehr zu Herzen, und ich habe Dunya nie wieder in eine Hundepension gebracht.

Es geschah danach sehr selten, dass ich die Hunde einen Tag allein lassen musste, und dafür habe ich dann immer etwas anderes geregelt. Einmal durften die Hunde den Tag bei einer lieben Bekannten verbringen, wo es ihnen sichtbar gut gefiel und wo Dunya ihren Einstieg hielt, indem sie gleich in den Gartenteich sprang.

Ein anderes Mal, bei der Hochzeit meiner Tochter, wo die Hunde nun wirklich nicht mit konnten, sind sie einen Tag in einer privaten Hundetagesstätte gewesen. Das ist auch sehr gut gegangen. Dunya sprang gleich aufs Sofa und fühlte sich zuhause zwischen den anderen „Tageshunden".

Beide Male merkte ich beim Abholen, dass es Dunya gut gefallen hatte.

Wenn Dunya mit in Urlaub fuhr, war das gelinde gesagt nicht ganz einfach.

Im Jahre 2003 hatten wir ein Ferienhaus in Belgien gemietet. Auf meine Anfrage hin wurde mir wiederholt versichert, der Garten sei eingezäunt und wirklich völlig ausbruchssicher («Wir haben oft Gäste mit Hunden; es ist noch nie einer aus dem Garten entwischt!»). Wochenlang hatte ich mich darauf gefreut: ein eingezäunter Garten, zweitausend Quadratmeter groß, in dem Dunya herrlich rennen könnte.

Als wir dort ankamen, hielt meine Begeisterung sich in Grenzen. Zum einen war der Begriff „Garten" eine schamlose Übertreibung. Das Gelände bestand aus einer ungepflegten Wiese mit hohem Gras, einem alten, halb verfallenen Schuppen und einigen traurig vor sich hin vegetierenden Sträuchern; na ja, wenigstens den Hunden würde es gefallen, dachte ich mir. Aber zweitausend Quadratmeter... wo, bitte, sollten die sein? Ich schätzte das Gelände auf höchstens die Hälfte.

All das hätte ich ja noch wegstecken können, trotz meiner Enttäuschung. Aber die Einfriedung bestand aus Maschendraht, weniger als einen Meter hoch, und hinter dem Haus war ein Stück von zehn Metern völlig offen. Daneben eine Wiese mit Kühen und der Nachbargarten mit Hühnern. Na bravo!

Auf der anderen Seite wurde der sogenannte Garten von einem „Bach" begrenzt, der nicht nur praktisch ausgetrocknet war, sondern auch noch so schmal, dass ich mühelos drüber steigen konnte, geschweige denn die Hunde.

Natürlich war Dunya innerhalb von zehn Minuten verschwunden. Ich machte mir Sorgen, denn wir waren ja gerade erst angekommen, sodass sie weder das Haus noch die Umgebung kannte. Aber als Dunya mit der Untersuchung der Umgebung fertig war, kam sie zum Ferienhaus zurück, als sei das die normalste Sache der Welt. Ihr Orientierungssinn war eindeutig besser entwickelt als meiner, obwohl es dafür auch nicht allzu viel bedarf.

Am nächsten Morgen fanden wir eine Rolle Maschendraht und zwei Pfähle vor der Tür, die die Vermieter auf Grund meiner Klagen bereitgestellt hatten. Ohne Werkzeug improvisierte ich also eine Einzäunung, die aus besagtem Maschendraht und den Pfählen bestand, dazu Zweigen, die wir zusammengesucht hatten, großen Büscheln Unkraut (!), dem Gartentisch, und sogar der Sonnenschirm wurde für den „guten Zweck" missbraucht. Man wird sehr kreativ, wenn man keine andere Wahl hat.

Aber Dunya gab nicht so schnell auf. Als sie merkte, dass die Weide nebenan und auch der Nachbargarten nicht mehr erreichbar waren, wollte sie gern wissen, wie der Garten wohl von oben aussieht und erklomm den steilen Hügel neben dem Haus, der für uns Menschen praktisch unbegehbar war. Für einen Podenco nicht.

Na super, auch hier kein Zaun. Man konnte – als Hund – problemlos auf der anderen Seite den Hügel herunterlaufen und so auf die Straße gelangen.

Da ich Dunya nicht über den Hügel folgen konnte, rannte ich ums Haus herum, aber Dunya war natürlich schon weg. Das Haus lag auch noch an einer Kreuzung, was uns bei der Buchung natürlich nicht bekannt war! Rufen, keine Dunya. Ich lief ein ganzes Stück die Straße entlang (und hoffte inständig, sie nicht angefahren im Straßengraben liegen zu sehen!), dann in den angrenzenden Wald und schließlich zum Ferienhaus zurück.

Da stand mein verrücktes Mädchen vor der Haustür, wand sich vor Freude. Schwarz, grün und trotz des sommerlichen Wetters nass. Wo war sie nur gewesen?!

Sie war insgesamt nur eine Stunde weg, aber diese Stunde war lang.

Den Rest des Urlaubes, zwei volle Wochen, konnten wir die Hunde nicht mehr unangeleint in den Garten lassen, nicht einmal wenn wir selbst dabei waren. Kein Fenster durfte geöffnet werden, denn daraus hätte Dunya auch abhauen können.

So wurde es ein Urlaub, in dem wir viel, sehr viel unterwegs waren. Ein Stück fahren, ein Stück spazieren gehen. Die wunderschöne Umgebung machte viel gut. Auch für Dunya. Sie wusste nicht, wo sie zuerst schnüffeln sollte, alle Gerüche, all das Neue wollte sie in sich aufnehmen. Sogar während der Fahrt, wenn die anderen Hunde schliefen, müde vom Laufen, steckte Dunya noch ihre spitze Schnauze durch das Schutzgitter, um hinauszusehen und nichts zu verpassen.

Die Ferienhäuser, die wir hier in den Niederlanden gemietet hatten, kamen unseren Ansprüchen besser entgegen. Die Gärten waren so eingezäunt, dass auch Dunya nicht heraus konnte. Die Strände, die wir täglich aufsuchten, natürlich nicht. Da konnte Dunya also so richtig aus sich herausgehen. Dennoch passierte es, verglichen mit zuhause, relativ selten, dass sie lange Zeit weg blieb. Wahrscheinlich lag es daran, dass es dort viel weniger Wild gab als in den heimischen Wäldern. Ab und zu erschreckte sie ein paar Wasservögel, denen sie hinterher jagte, bis sie weg flogen oder ins Wasser rannten, aber mehr jagdliche Herausforderungen gab das Gebiet zum Glück nicht her.

Drei Mal war Dunya mit in Frankreich in einem Ferienhäuschen mit riesigem Garten, der vollständig und hoch eingezäunt war. Zudem durfte sie auf den Spaziergängen täglich frei laufen, und doch ging es fast immer gut. Das war alles andere als selbstverständlich, denn wir liefen oft durch die ausgestreckten unübersichtlichen Wälder des wunderschönen Morvan, wo es zwar keine Kaninchen gab, aber viel anderes Wild.

Als ich Dunya dort über die Felsen klettern und durch die unberührte Natur rennen sah, die steilen Hügel rauf und runter, wurde mir bewusst, dass sie als Podenco für dieses Leben eigentlich geschaffen ist. Sie fühlte sich wohl wie ein Fisch im Wasser, und es war auch für uns herrlich, das miterleben zu können.

Aber diese wilde Landschaft mit so viel Ruhe und Platz, dass man stundenlang laufen kann, ohne jemandem zu begegnen, ist nun mal nicht mit den überbevölkerten Niederlanden zu vergleichen, in deren Wälder überall Schilder stehen mit einer Liste von allem, was verboten ist.

Während einem dieser Urlaube in Frankreich – Dunya war inzwischen neun Jahre alt – ist es mit dem Freilauf so schief gegangen wie niemals zuvor und zum Glück auch niemals danach. Sie war einen Mittag und eine Nacht weg.

Beim Mittagspaziergang ist sie gemeinsam mit Seronda abgehauen. Seronda war ein Mastinmischling, den ich nach Pachos plötzlichem Tod im Dezember 2005, aufgenommen hatte. Nach vier Stunden waren sie noch immer nicht zurück. Es hatte keinen Sinn, die ganze Nacht im Wald zu bleiben. Vielleicht würden sie ja auch selbst den Weg zum Ferienhaus wiederfinden, wie es Dunya in Belgien gelungen war, und plötzlich vor der Tür stehen. Es waren nur wenige Kilometer zwischen der Stelle, wo sie abgehauen waren und dem Ferienhaus. Aber was für Kilometer: Wald, Wald und nochmals Wald.

Natürlich stand ich nachts bei jedem Geräusch vorm Fenster in der Hoffnung, die Hunde ankommen zu sehen. Was für Geräusche man in so einer Nacht hört! Das ist mir früher nie aufgefallen. Rufende Eulen, allerlei andere Vögel, die ich nicht mal kenne.

Und dann die verschiedenen „Filme", die ich in meinem Kopf abspielte. Was mag nur passiert sein? Vielleicht sind sie verletzt, in Stacheldraht gelaufen, überfahren worden oder haben sich verlaufen. Aber beide?

Dann gab es auch noch die Jäger, aber Schüsse hätte ich in dieser Stille bestimmt gehört.

Am nächsten Morgen sind wir schon um sieben Uhr wieder an der Stelle, wo wir spazieren gegangen waren. Von den Hunden ist nichts zu sehen.

Meine Freundin, bei der wir wohnen, macht Poster zum Aufhängen, und ich schreibe Notizzettel mit Telefonnummer, die ich den Leuten geben will, denen wir vielleicht auf unserer Suche begegnen.

Um neun Uhr sind wir zurück im Wald. Wieder niemand zu sehen, kein Hund und kein Mensch. Und es erscheint auch so sinnlos. Aber ich kann nicht einfach zuhause sitzen bleiben. Die Tür habe ich offen gelassen für den Fall, dass die Hunde doch selbst den Rückweg finden, während ich noch unterwegs bin.

Als ich um zehn Uhr nach erneutem vergeblichen Suchen und Rufen wieder beim Ferienhaus bin, wage ich kaum zu hoffen, dass die Hunde da sind, tu es aber trotzdem…

Als ich hereinkomme, sehe ich Seronda in ihrem Korb liegen und zwei Sekunden später auch Dunya, ganz versteckt in einer Ecke ihres Körbchens, und mein Herz macht einen Sprung. Dann kommen die Emotionen der letzten Stunden frei. Weinend kuschle ich mich an meine Abenteurer, oh so froh, dass sie wieder da sind und sofern ich sehen kann, unverletzt.

In dem Moment dachte ich noch, dass sie selbst den Weg zurück gefunden hätten, aber von meiner Freundin hörte ich kurz darauf, was wirklich passiert war: Als ich heute Morgen unterwegs war, stand auf einmal der Bürgermeister des Dorfes bei ihr auf der Schwelle. Er war von Arbeitern angerufen worden, dass bei einer Fabrik in der Nähe zwei Hunde lagen, ob die vielleicht meiner Freundin gehörten?

Sie sprang sofort ins Auto und fuhr hinter ihm her zu dem Fabrikgelände. Und da lagen die beiden tatsächlich. Sie ließen sich problemlos von ihr mitnehmen und in ihr Auto verfrachten.

Das alles grenzte wirklich an ein Wunder!

Dunya war ein sehr robuster Hund, der praktisch nie krank war. Aber dieses Abenteuer hatte doch seine Spuren hinterlassen. Die ersten Tage wollte sie nur schlafen, kam kaum vom Sofa herunter.

169

Essen und Trinken bekam sie dort, und sie musste nach draußen getragen werden, um sich zu lösen. Sie lief dann mit strammen Beinen durch den Garten, wobei sie manchmal ein Bein nachzog, und war froh, wenn sie wieder ins Haus durfte.

Mich erstaunte das nicht nach allem, was sie mitgemacht hatte. Ich dachte, sie sei einfach nur sehr müde, ihre Muskeln steif vom zu vielen Laufen und der Kälte der Nacht und sie müsse sich erst erholen.

Nach einigen Tagen der Ruhe nahm ich Dunya wieder mit auf die Spaziergänge, wo sie auch wieder Interesse an der Umgebung zeigte und fröhlich schnüffelte.

Plötzlich schrie sie jedoch einige Male auf, ohne ersichtlichen Grund, zog wieder ein Bein nach und hatte leichtes Fieber. Ich musste sie wieder nach draußen tragen, sie lief keinen Schritt. Auch schien etwas mit der Schnauze nicht in Ordnung zu sein; trotzdem fraß sie ihr Trockenfutter problemlos.

Es war unser letzter Urlaubstag, und es erschien mir das Beste, zuhause zu meiner eigenen Tierärztin zu gehen, die Dunya gut kannte und bei der es auch keine Sprachschwierigkeiten gab, wie in Frankreich.

Am Tag unserer Heimreise war Dunya wieder ganz die Alte. Bei jeder Rast auf der langen Reise sprang sie begeistert aus dem Auto, lief normal, nicht steif und zog auch nicht das Bein nach.

Auch die erste Woche zuhause ging es gut. Dunya aß normal, war fröhlich und ging mit spazieren. Was ihr auch gefehlt haben mochte, ich ging davon aus, dass es von selbst besser geworden ist und ging daher auch nicht mit ihr zum Tierarzt.

Am nächsten Tag hatte sie plötzlich eine dicke Wange, konnte die Schnauze nicht weit öffnen, ließ die Ohren hängen. Kein Fieber.

In der Tierarztpraxis war Dunya als Spring-ins-Feld bekannt, die jedes Mal Schwung ins Wartezimmer brachte; aber jetzt kam ein trauriger Hund herein, der sich sofort auf die mitgebrachte Decke legte. Sie reagierte nicht auf die Assistentinnen und nicht mal auf zwei Katzen.

Die Tierärztin hat Dunya gründlich untersucht, Nacken, Rücken, Beine, Pfoten, aber konnte nichts finden. Für die Untersuchung der Schnauze sollten wir mittags zurückkommen, dafür musste Dunya ein leichtes Betäubungsmittel bekommen. Während ich noch mit der Tierärztin sprach, kroch Dunya in eine Ecke des Behandlungsraumes und legte sich dort auf meine Jacke. Das war so gar nicht meine Dunya!

Zuhause kroch sie unter einen niedrigen Schrank im Gartenschuppen, von wo aus sie mit bangen Augen und hängenden Ohren hervorlugte. Das ging zu weit. Mit viel Mühe gelang es mir schließlich, sie unter dem Schrank herauszuziehen, machte es ihr im Wohnzimmer auf der Couch gemütlich und deckte sie zu.

Leider brachte die Untersuchung beim Tierarzt uns nicht weiter. Dunyas Hals war etwas rot, die Mandeln und Lymphknoten waren geschwollen, aber es steckte kein Fremdkörper im Hals (ich hatte einen Holzsplitter oder Ähnliches vermutet). Auch das Gebiss war einwandfrei.

Die einzig mögliche Erklärung der Tierärztin war, dass der Grund für die dicke Wange in einem

171

Abszess lag, den Dunya sich zugezogen hatte und der wahrscheinlich spontan aufgebrochen war. Was zu diesem Abszess geführt haben könnte, haben wir jedoch nie herausgefunden.

Dunya bekam Antibiotika und Schmerzmittel, die beide ihre Wirkung taten. Nach der ersten Injektion ging es ihr schon etwas besser, und im Laufe der Kur setzte sich diese positive Tendenz fort.

Nach einer Woche hatte ich meine gute alte Dunya zurück, die mir das Essen vom Teller klaute und die Leckerchen aus meiner Jackentasche, wenn ich diese achtlos über einen Stuhl gehängt hatte; die eine leere Dose Gulaschsuppe aus schleckte und danach kaputt biss; die dafür sorgte, dass ich mir das Fernsehprogramm zwischen zwei großen Podenco-Ohren hindurch ansehen musste und die draußen herumsprang wie ein Pingpongball.

Es klingt vielleicht seltsam, dass ich so froh war, dass Dunya wieder dieses Verhalten zeigte. Denn wie kann man so was vermissen? Aber all die Dinge machten Dunya nun mal aus.

Eine ruhige Dunya hätte mir sehr wohl gefallen, aber dann weil sie älter und gemäßigter wurde und nicht, weil sie krank war. Und in diesen Genuss bin ich schließlich auch noch gekommen; nur musste ich darauf noch einige Jahre warten…

32

Oh, wie brav sie geworden ist!

Im Laufe der Jahre wurde Dunya etwas ruhiger und machte auch weniger kaputt. Aber ab und zu kam die „alte Dunya" doch wieder zum Vorschein. So auch an einem Abend im Jahre 2008 – sie war inzwischen zehn Jahre alt.

Ich saß im Garten, und es war mir angenehm aufgefallen, dass Dunya nach dem Essen und ihrer Möhre als „Nachtisch" nur kurz herum wuselte und dann ins Haus schlenderte.

Ins Haus, wo meine Hüfttasche auf dem Tisch liegt. Die Tasche, die ich schon seit Jahren habe und die bei schönem Wetter immer dort liegt, sodass ich sie für die Spaziergänge bei der Hand habe. Die Tasche, die so ungemein praktisch ist, weil ich Autopapiere, Schlüssel, Leckerchen und Sonstiges, was ich für den Spaziergang benötige, in den vielen Fächern unterbringen kann.

Dunya hatte sich noch nie dafür interessiert.

Jetzt ist die Tasche weniger praktisch, denn sie hat ein Reißverschlussfach weniger, das Fach, in dem die Leckerchen aufbewahrt werden. Dieselben Leckerchen, über die Dunya draußen die Nase rümpft und die ich sogar mal aus Versehen eine ganze Nacht auf dem Tisch hatte liegen lassen, ohne dass Dunya dran gegangen wäre.

Was Dunya macht, das macht sie gut und gründlich. Die Tasche wurde sozusagen generalüberholt.

Als ich hereinkam, sah ich Dunya in ihrem Korb liegen, mit der zerrissenen Tasche und meinem Handy neben sich. Ich kann noch froh sein, dass sie das nicht kaputtgemacht hat (mein letztes Handy hatte die Attacke von Dunyas scharfen Zähnen nicht überlebt). Zum Glück war auch meine Brieftasche nicht interessant genug, näher untersucht zu werden, ich bin also noch immer im Besitz meiner Identitätskarte und Autopapiere!

Ein anderes Mal war es ein Beutel mit fünfzehn Pansenstreifen, die ich schon mal für den Urlaub eingepackt und auf die Anrichte gelegt hatte. Ich fragte mich noch, ob das wohl gut gehen würde. Aber Dunya klaute fast nie mehr etwas und schon gar nicht von der Anrichte.

Aber als ich nach einer halben Stunde in die Küche kam, fand ich den Beutel zerrissen im Hundekorb; von den Pansenstreifen fehlte jede Spur.

Dunyas Ohren hingen auf Halbmast, und sie schickte mir einen unsicheren Wedler; womit die Frage, wer die Pansenstreifen von der Anrichte geklaut hat, schon mal geklärt wäre. Im Übrigen war Dunya eh der einzige Hund, der die Anrichte mit Pfoten oder Schnauze erreichen konnte.

Wahrscheinlich hat Dunya die Fressorgie nicht allein veranstaltet, sondern die Pansenstreifen mit ihren vier Hundekumpels geteilt... hoffe ich zumindest.

33

Förster und andere Zeitgenossen

Wir hatten uns mit Bekannten und deren Hunden zu einem gemeinsamen Spaziergang verabredet. Das ist immer eine Freude, denn insgesamt rennen und spielen dann neun Hunde durcheinander.

Das Ziel unseres Spazierganges, ein Heidesee, war leider nicht erreichbar. Der Weg dorthin stand wegen der schweren Regenfälle der letzten Wochen vollständig unter Wasser und war auch mit wasserdichten Schuhen nicht begehbar. Greyhound Bonita, doch nicht gerade klein, stand bis zur Hälfte ihrer langen Beine im Wasser.

Auf dem Spazierweg, den wir dann schließlich einschlugen, sah ich das Auto des Försters anhalten. Die Hunde, worunter einige Podencos und Podenco-mischlinge, rannten fröhlich durch den Wald. Gerade in dem Moment, wo der Förster ausstieg, schoss Dunya aus dem Wald und spornstreichs an ihm vorbei. Damit punktete sie leider gar nicht bei dem Waidmann!

Er sprach uns dann auch prompt an und meinte, die Hunde müssten angeleint werden, sonst bekämen wir eine Geldbuße. Wir liefen aber in einem Hundefreilaufgebiet! Sie müssen auf dem Weg bleiben und dürfen nicht in den Wald, damit hatte der gute Mann Recht, aber an die Leine brauchen sie nicht.

Leider wurde der gute Eindruck der Hunde, die brav in unserer Nähe waren, von den anderen, die durch den Wald rasten, zunichte gemacht.

Eine kurze Diskussion über Freilauf, unter Kommando stehen oder angeleint laufen müssen, brachte leider nichts. («Wo soll ich meine Hunde dann laufen lassen?» – «In den Feldern!») Für den Förster ist es ein Heimspiel, und man zieht immer den Kürzeren. Also leinte ich alle Hunde an. Dunya kam zufällig sofort, als ich sie rief. Zum Glück, sonst hätte ich bestimmt doch noch eine Geldbuße bekommen.

Auf der Suche nach Alternativen, um Dunya zu ihrer notwendigen Bewegung zu verhelfen, entdeckte ich einen Sandweg. Auf der einen Seite des Weges war ein Kanal, auf der anderen offene Felder. Das ging wochenlang gut. Dunya blieb meistens in Sichtweite und kehrte mit uns zusammen zum Auto zurück.

Bis sie eines Tages im Gestrüpp verschwand... Ich lief am Feld entlang, ohne sie zu sehen, und entschied mich dann, zur besseren Übersicht ein Stück übers Feld zu laufen. Zusammen mit Daisy zog ich los.

Der Acker war unbebaut und bestand lediglich aus kurz gemähtem Gras. Zudem lief ich dicht an einem Graben entlang, sodass ich den eigentlichen Acker kaum betreten habe. Ich dachte also, dass ich nicht viel Unheil anrichten könnte.

Praktisch aus dem Nichts tauchte ein Mann auf, der mich fragte, ob ich „Zustimmung" hätte (Zustimmung für was?).

Ich hätte es mir ja denken können. In den Niederlanden gehört alles „irgendwem". Kein Quadratmeter Boden, auf dem man ungestraft laufen darf. Ich hatte Lust zu sagen, dass der Förster mir geraten hatte, mit den Hunden über die Felder zu laufen. Aber ich dachte mir, dass ich mir den Mann wohl besser nicht zum Feind machen sollte, und entschuldigte mich sofort, weil ich anscheinend auf seinem Land lief.

Ich hörte sozusagen den Wind aus seinen Segeln gehen, und es folgte ein ruhiges Gespräch, in dem ich erklärte, dass mein Hund ins Feld gelaufen war und ich sie suchte.

Und der Bauer – denn als solcher stellte sich der Mann heraus – erzählte mir, dass hier oft mit Hunden gewildert wird und dass er darum mal nachsehen wollte. Ich sagte wahrheitsgemäß, dass ich mit meinen Hunden nicht jage. Daisy war der beste Beweis für die Richtigkeit meiner Behauptung, denn als Malteser ist sie ja nun nicht gerade der Inbegriff eines Jagdhundes.

So trennten wir uns also in Frieden, und kurz darauf rief der Bauer mir zu, dass er Dunya auf dem Feld stehen sah. Sie ersparte mir eine totale Blamage, indem sie sofort kam, als ich sie rief (Dem Himmel oder wem auch immer sei Dank!).

Leider war es nach einer Weile mit Dunyas Freilauf auch dort vorbei, weil besagter Bauer eines Tages sein Auto quer vor meins stellte, ausstieg und anfing zu schimpfen. Dunya war im Gebüsch, wo sie nur herum schnüffelte und nicht jagte, geschweige denn etwas fing. Aber er nannte das „Wildern", und

177

ein inzwischen wohl bekannter Redeschwall über das Erschrecken von Wild, Naturschutz, Drohungen mit Förster und Polizei folgte.

Ach, ich habe das alles schon so oft gehört. Meine Devise: leben und leben lassen… davon hat diese Art von Menschen wohl noch nie etwas gehört.

Ich sage manchmal halb scherzend, dass man mit einem Podenco besser in Amsterdam wohnen kann als auf dem Lande, weil es dort kein Wild, keine Förster und Bauern gibt. Aber etwas Wahres ist schon dran…

Übrigens bin ich weiterhin dort spazieren gegangen – es war schließlich ein öffentlicher Weg, das konnte mir niemand verbieten – , hielt Dunya allerdings an der Leine, um erneute Probleme zu vermeiden. Später hat der Bauer dann Stacheldraht um sein gesamtes Feld gespannt.

34

Wieder mal Freilauf

Trotz Dunyas relativ ruhigem Verhalten während ihrer späteren Jahre blieb der Freilauf oft spannend. Ich hatte eine neue Stelle gefunden, einen Sandweg am Kanal entlang, aber bei einem anderen Dorf – ohne bösen Bauern. Auch hier waren nur Felder auf der anderen Seite des Weges.

Manchmal musste ich eine halbe Stunde auf Dunya warten oder sie irgendwo unterwegs abholen, wenn sie zu sehr ins Schnüffeln oder Graben vertieft war. Aber meist kam sie auf mein Rufen und nahm ihre Scheibe Wurst in Empfang. Dadurch wurden die Spaziergänge für uns beide viel schöner.

Aber eines kalten Novembertages taucht Dunya in die Felder ein und ist weg. Eine Stunde warte ich im Auto. Es ist kalt, sechs Grad, aber immer noch angenehmer als draußen. Das habe ich gemerkt, als ich die Hunde nach einer Weile wieder zu einer kurzen Runde mitgenommen hatte und wir dem schneidenden Wind ausgeliefert waren.

Meine Winterkleidung liegt noch auf dem Speicher, weil der Wechsel von warmem Sommer- zu unfreundlichem Herbstwetter sich in diesem Jahr so plötzlich vollzogen hatte. Also suche ich das Auto ab nach allem, was mich wärmen könnte. Die Decke, die ich für diese Situationen normalerweise im Auto liegen habe, hatte ich vor dem Sommerurlaub raus genommen und leider noch nicht wieder zurück- gelegt. Zum Glück finde ich noch ein paar Autohandschuhe. Na ja, besser als gar nichts.

Ich fahre noch mal den ganzen Weg ab, halte regelmäßig an, pfeife und rufe. Keine Dunya. Auch nicht in den Feldern, die ich vom Weg aus recht gut übersehen kann. Weil sie immer zum Auto zurück- kehrt, fahre ich also zurück und warte wieder.

Inzwischen ist es fünf Uhr am Nachmittag, und die Dämmerung setzt ein. Zu Hause in meinem gemütlichen Sessel mit einer Kanne Tee kann ich diese Tageszeit durchaus genießen. Im klammen Auto erheblich weniger...

Wenn es dann auch noch anfängt zu schütten wie aus Eimern, bin ich davon überzeugt, dass Dunya jetzt jeden Moment kommen muss. Das kann ihr doch keinen Spaß mehr machen!

Der Sandweg ist kaum noch zu erkennen, nur die Bäume und Büsche zeichnen sich schwarz gegen den Himmel ab. Ab und zu schnattert eine Ente im Kanal, und ich sehe die Lichter eines Autos auf der anderen Kanalseite. Ansonsten ist es dunkel und still.

Ich steige regelmäßig aus, nicht nur um meine Füße zu bewegen und zu wärmen, sondern auch um Dunya zu rufen. Denn vielleicht kann sie jetzt im Dunkeln das Auto nicht mehr finden?

Schließlich rufe ich Tom an und bitte ihn, mich abzulösen. Vielleicht hat sich Dunya ja in der Zeit, als ich sie suchte, auf den Weg nach Hause gemacht?

Tom, mein Fels in der Brandung, kommt und übernimmt das Warten. Ich fahre nach Hause und versuche unterwegs, nach Dunya Ausschau zu halten. Ich bezweifle allerdings, ob ich sie überhaupt sehen würde, denn wegen meiner leichten Nachtblindheit muss ich mich wirklich auf die Straße konzentrieren.

Zu Hause bekommen die Hunde eine leckere warme Mahlzeit, die haben sie sich nach drei Stunden ehrlich verdient, und ich ziehe die eine Kleidungsschicht über die andere an in der Hoffnung, es irgendwann mal wieder warm zu bekommen.

Toms Geduld wird belohnt. Nach einer Stunde hört er ein Geräusch neben dem Auto, und da steht Dunya. Was heißt: steht? Sie windet sich vor Freude und hat große Eile, ins Auto zu kommen. Sie ist etwas nass, aber nicht schmutzig.

Bleibt die Frage, wo sie vier Stunden lang gewesen ist... wir werden es nie erfahren.

Ein anderes Mal ging es auf demselben Spazierweg schief, weil ich an einer anderen Stelle parken musste. Die Seite des Weges, auf der ich normalerweise fahre, war durch den vielen Regen sehr matschig, darum fuhr ich heute von der anderen Seite her auf diesen Weg.

Dunya blieb eine ganze Weile in Sichtweite und setzte sich schließlich ins angrenzende Feld ab. Meist schnüffelt oder gräbt sie sich dort fest und bleibt mehr oder weniger an derselben Stelle, wo ich sie dann später abholen kann. Heute leider nicht.

Also Plan B. Abwechselnd eine halbe Stunde laufen, eine halbe Stunde im Auto warten, wieder laufen. Das wiederholte sich öfter, als mir lieb war.

Nach vier Stunden waren die Hunde und ich müde, und wir hatten Hunger. Auch hatte ich Angst, dass Dunya vielleicht zu unserem „normalen" Parkplatz gelaufen war, dort das Auto nicht gesehen hatte und darum auf dem Weg war nach Hause.

Ich habe schon sehr viele Adressenanhänger für Dunya gekauft, aber sie verliert sie garantiert innerhalb von zwei Tagen. Sie hatte auch einen Chip, aber der half einem Spaziergänger, der Dunya vielleicht finden würde, nicht weiter.

Also nach Hause. Keine Dunya unterwegs oder vor der Haustür. Die Hunde versorgt, selbst was gegessen und wieder los.

Mein Gefühl sagte mir, dass ich an der „matschigen" Seite des Weges anfangen müsse mit Suchen. Völlig unlogisch, denn ich hatte heute Morgen ja auf der anderen Seite geparkt, und Dunya kam immer zum Auto zurück.

Dennoch folgte ich meinem Gefühl, und mehr oder weniger schlitternd kamen wir durch den Matsch, ohne stecken zu bleiben.

Meinem Gefühl kann ich auch nicht mehr vertrauen, dachte ich sauer, als ich mit den Hunden durch den Matsch latschte und keine Dunya zu sehen war... bis ich auf einmal ein «Halloooo, gehört Ihnen vielleicht dieser Hund?» von der anderen Seite des Kanals hörte.

Die Frau die mich rief, kannte ich nicht. Wohl aber den Hund, den sie an der Leine hatte... eine begeisterte Dunya, die beim Hören meiner Stimme hoch sprang und wedelte.

Es stellte sich heraus, dass Dunya schließlich doch zu der Stelle zurück gelaufen war, wo wir sonst parken (und wo ich heute Morgen zig Mal vorbei gelaufen und gefahren bin!), aber anscheinend erst, als ich schon unterwegs war, um sie zu suchen. Als sie das Auto nicht sah, hat sie sich hingesetzt und geheult.

Das hat die Frau auf den Plan gerufen, die auf der gegenüber liegenden Kanalseite wohnte. Weil sie mich öfter mit den Hunden zusammen sieht, hatte sie Dunya erkannt, ist zu ihr rüber gefahren und hat sie mitgenommen und dann auf mich gewartet.

Als wir zuhause waren, Dunya abgetrocknet war und lecker gegessen hatte, konnte sie stundenlang keine Ruhe finden, während sie nach fünf Stunden unterwegs doch müde hätte sein müssen.

Aber das habe ich öfter mitgemacht. Gerade nach dieser Art von Abenteuern blieb sie, wenn sie wieder zuhause war, lange Zeit unruhig. Ich nannte das immer „Kind nach einem Kinderfest". Sie sprang dann von einem Hundekorb in den anderen, aufs Sofa, in ihren Zimmerzwinger, bevor sie endlich ein geeignetes Plätzchen gefunden hatte, wo sie sich definitiv niederließ und schlief.

Zumindest wenn ich Glück hatte. Einmal – in ihren jungen Jahren – ist sie nach dem unruhigen Hin- und Herlaufen schließlich nach oben gegangen. Da wir zwei Stunden spazieren gegangen waren und sie danach öfter mal auf ihrem oder meinem Bett eine kleine Siesta abhält, ließ ich das zu.

Die etwas seltsamen Geräusche, die von oben kamen, ließen mich dann aber doch mal nachschauen. Für meinen Blutdruck hätte ich besser unten bleiben können: mein ganzes Bettzeug war fachmännisch, wenn auch etwas unordentlich abgezogen. Kissen, Deckbett, Laken, alles lag durchs ganze Zimmer verteilt. Und nachdem sie ein riesiges Loch in mein Bettlaken gerissen hatte, war sie nun gerade dabei, ihre eigene Schaumgummimatratze zu zerlegen. Der Bezug war schon völlig zerrissen, mit dem Schaumgummi hatte sie gerade angefangen. Zum Glück leide ich nicht unter hohem Blutdruck...

35

Eine ruhige Zeit bricht an – obwohl...

Jahrelang habe ich die Erwartung ausgesprochen, Dunya würde mit zunehmendem Alter sicherlich ruhiger werden. Als sie sechs Jahre alt war, fing ich damit an, und als sie zehn, elf Jahre alt war, sagte ich es immer noch.

2011 wurde Dunya dreizehn Jahre, und meine Erwartung wurde tatsächlich endlich erfüllt: Dunya wurde ruhiger.

Seronda, Flits und Bonita waren inzwischen leider verstorben. Dunya und Daisy waren die einzigen, die noch von der ursprünglichen Hundegruppe übrig waren; die kleine Lilly, Mastin español Luca und Sabueso Toby, auch ein Jagdhund, waren bei mir eingezogen, sodass ich wiederum fünf Hunde hatte.

Weil Dunya im Alter weniger oft weg lief und wenn sie das mal machte, nicht so lange weg blieb, durfte sie täglich auf der Heide frei laufen. Oft blieb sie bei uns auf dem Weg anstelle in den Wald zu laufen, sehr angenehm. Auch passierte es regelmäßig, dass ich ein Kaninchen entdeckte, das ihr entging.

In dieser Zeit konnte ich es mir auch erlauben, Dunya die Entscheidung zu überlassen, ob sie genug Freilauf gehabt hatte oder nicht. Wenn sie in der Nähe war, zeigte ich ihr die Leine und fragte: «Hast du genug?» Das verstand sie. Manchmal wollte sie noch weiter frei laufen; aber oft kam sie zu mir, und ich konnte sie anleinen. Ich wusste dann, dass es für Dunya so in Ordnung war.

Wenn die Autotür auf ging, brauchte ich nicht mehr aufzupassen, ob Dunya ohne Leine hinaus sprang. Sie wartete ruhig ab, ob sie angeleint wurde oder ob ich ihr gleich vom Auto aus „frei" gab.

All diese Dinge trugen dazu bei, dass Dunyas Alter für mich viel angenehme Seiten hatte: Sie war noch immer meine herrliche Dunya, aber etwas „pflegeleichter" geworden.

Sehr selten schoss sie mal in die Maisfelder, die das Heidegebiet umgeben, und blieb zwei Stunden weg. Aber auch dann fand sie immer den Weg zum Auto wieder. Meist rannte sie jedoch einfach über die Heide, interessierte sich für die Architektur der Kaninchenbauten und ließ sich nach einer Dreiviertelstunde oder Stunde mühelos wieder anleinen.

Während ihrer letzten Lebensmonate musste ich beim Freilauf wohl mehr auf sie achtgeben; denn manchmal verpasste sie eine Abzweigung, die wir genommen hatten, und „verlor" uns dann. Die Tatsache, dass sie inzwischen fast taub war, spielte dabei natürlich auch eine Rolle. Sie bekam einfach weniger mit. Das kompensierte sie übrigens im Allgemeinen damit, dass sie sich öfter nach uns umschaute.

Wenn man einen Podenco *und* einen Sabueso hat – auch wenn beide relativ alt sind - können die Spaziergänge manchmal eine unerwartete Wendung nehmen, wenn man beide frei laufen lässt.

Um halb elf beginnen wir unseren Heidespaziergang. Trotz des strömenden Regens geht auch Dunya mit. Sie genießt den Spaziergang, ich sehe regelmäßig ihre graziösen Sprünge über die Heidesträucher.

Nach einer halben Stunde steht sie neben mir, und ich hätte sie anleinen können. Aber ich will ihr noch etwas Freiheit gönnen. Diese Entscheidung habe ich später bereut!

Als wir wieder beim Auto sind, kommt Dunya zwar angerast, fliegt aber an mir vorbei – damit hat sie jahrelange Erfahrung, hatte das in der letzten Zeit aber eigentlich nie mehr gemacht. Eigentlich...

Eine Stunde kann ich mich im Auto mit einem Sudokupuzzel amüsieren, aber auch dann ist noch keine Dunya in Sicht. Ich lasse die beiden Senioren im Auto – Toby war zum Glück nicht abgehauen heute – und ziehe mit Luca und Lilly erneut los. Luca hat ausgesprochene Ideen darüber, wo sie hin will, und da sie Dunya schon einige Male gefunden hat, lasse ich mich von ihr leiten.

Nach einer Dreiviertelstunde gibt jedoch auch Luca es auf, und wir wandern zurück, in der Hoffnung, dass Dunya inzwischen beim Auto steht. No such luck.

Ich denke daran, dass es früher völlig normal war, stundenlang auf Dunya zu warten. Aber jetzt bin ich das nicht mehr gewöhnt. Außerdem bin ich vom Regen durchgefroren, meine Gelenke schmerzen vom langen Laufen, und ich habe Hunger. Und je später es wird, desto mehr fange ich auch an, mir Sorgen zu machen. Vielleicht ist Dunya ja nach Hause gelaufen?

Aber weil sie meist zum Auto zurück kommt, traue ich mich nicht wegzufahren, um zuhause nachzusehen; meine Nachbarn kann ich telefonisch nicht erreichen. Es bleibt mir also nichts anderes übrig, als weiterhin zu warten.

Endlich, nach drei Stunden, höre ich leises Winseln. Da steht sie, pitschnass und schmutzig. Eine kleine Wunde am Ohr, zitternde Muskeln an den Hinterläufen von der Anstrengung, aber ansonsten anscheinend in Ordnung. Oh Duneke, wann wirst du endlich erwachsen?

Ein anderer Abenteuerspaziergang, bei dem meine beiden Senioren von zehn und dreizehn Jahren für Überraschungen sorgten: Toby war schon bald im hohen Mais verschwunden. Im Gegensatz zu Dunya hat Toby leider einen wenig ausgeprägten Orientierungssinn, wodurch er sich regelmäßig verläuft.

Plötzlich klang vom Waldrand her Dunyas aufgeregtes Bellen, auf das die anderen drei selbstverständlich sofort reagierten. Aus der Ferne sah ich, dass Dunya etwas in der Schnauze hatte, es los ließ und dann wieder aufnahm. Ich schlug mich also durchs Gebüsch, um zu schauen, was da los war und sah zum Glück, dass es kein Kaninchen war, sondern ein Igel, der durch seine Stacheln von Dunya nichts zu befürchten hatte. Nun verstand ich auch, warum sie ihre „Beute" stets wieder fallen ließ.

Ich konnte Dunya überreden, den Igel gegen ein Leckerli zu tauschen und brachte sie erst mal von dem Igel weg. Ein Stück weiter stürzte sie sich mit

Elan ins Ausgraben verlassener Kaninchenbauten, wo ich sie eine Stunde später wieder abholte, um sie an der Leine mit zum Auto zu nehmen. Es war ein toller Spaziergang gewesen, aber wir waren müde, durstig, und die Muskeln in Dunyas Hinterbeinen fingen an zu zittern.

Toby hatten wir die ganze Zeit nicht gesehen und auch nicht seine wohl bekannte „Sirene" gehört, ein lautes Jaulen, das Hunderte von Metern weit trägt und mit dem er uns ruft, wenn er sich verlaufen hat.
Nachdem wir eine Weile vergebens im Auto auf ihn gewartet hatten, brachen wir erneut zum Spaziergang auf, um Toby zu suchen. Dunya ging jetzt allerdings an die Leine, sodass sie nicht auch noch die Chance hatte abzuhauen.
Ich versuchte, am Acker entlang zu laufen, in den Toby zu Beginn des Spaziergangs entschwunden war. Aber das war gar nicht so einfach. Es gab lediglich einen schmalen Trampelpfad, der auch noch schief lief, von den vielen Löchern im aufgeweichten Boden gar nicht zu reden.
Auf der einen Seite stand der Mais mannshoch, auf der anderen kniehohes Unkraut, darunter auch Brennnessel. Da ich kurze Hosen an hatte, kam meine Haut einige Male in unangenehmen Kontakt mit diesen Stechpflanzen, aber ich war fest entschlossen, Toby zu finden.
Also Augen zu und durch.

Dunya fand den Ausflug super und verschwand ganz begeistert zwischen den Maisstengeln, wo sie sich mit ihrer langen Leine natürlich hoffnungslos verhedderte. Unglaublich, wie viel Energie sie noch hatte in ihrem Alter!

In der Zwischenzeit hatte Lilly es irgendwie geschafft, in eine eingezäunte Weide zu kommen, aus der sie jetzt nicht mehr heraus kam, und Luca tauchte genau wie Dunya ins Mais ein, um Toby zu suchen oder einfach, weil sie Spaß daran hatte.

Dunyas linkes Hinterbein zitterte jetzt recht heftig; sogar für ihre Verhältnisse war das alles doch ein bisschen zu viel, auch wenn sie das selbst nicht so sah.

Es gelang mir, Lilly aus der eingezäunten Weide heraus zu bekommen. Wir setzten unsere Suche noch eine Weile fort, mussten dann aber leider unverrichteter Dinge zum Auto zurück kehren.

Gute vier Stunden nach Anfang unseres „Morgen"-Spaziergangs kam Toby dann endlich angelatscht, wie Dunya in ihren besten Jahren: pechschwarz und müde. Inzwischen war es schon fast wieder Zeit für den Mittagsspaziergang, aber den habe ich an diesem Tag ausfallen lassen.

36

Wie man sich bettet...

Als junger Hund war Dunya recht anhänglich, auch wenn sich das hauptsächlich im Haus zeigte. Aber je älter sie wurde, desto unabhängiger und selbständiger wurde sie. Sie wollte nur noch selten schmusen, höchstens mal, wenn sie selbst die Initiative dazu nahm, und sie hatte auch keine Lust mehr, sich gemütlich neben mich auf die Couch zu kuscheln. Sie war auch kein Hund, der sich dicht an die anderen Hunde anschmiegte, was man sonst bei Podencos oft sieht.

Über viele Dinge hatte sie so ihre eigenen Ideen, und das galt auch für ihre Liegeplätze.

Die Anfangszeit, in der Dunya nachts in meinem Bett schlief, gab keinen Grund für Kritik ihrerseits. Nachdem sie sich daran gewöhnt hatte, galt das Gleiche für ihre Matratze in meinem Schlafzimmer. Komplizierter war es mit ihren Schlafplätzen tagsüber, unten im Wohnzimmer.

Jahrelang schlief sie dort in dem Himmelbett, das ich für sie gemacht hatte, oder in ihrem Zimmerzwinger. Außerdem standen natürlich diverse Hundekörbe und –betten zur Verfügung. Einer ihrer Lieblingsplätze war auch, typisch Podenco, das Sofa. Dort lag immer ein Kissen oder eine Decke für sie.

Als sie inkontinent wurde, habe ich das Sofa mit einer Nylonplane, wie man sie im Auto verwendet, abgedeckt und darauf die Kissen gelegt. So brauchte sie nicht auf ihren Lieblingsplatz zu verzichten.

Erst sehr viel später, nachdem Dunya einige Male gefallen war beim Versuch, aufs Sofa zu springen, blieb ihr diesen Liegeplatz aus Sicherheitsgründen versagt. Aber auch daran gewöhnte sie sich zum Glück relativ schnell.

Dunya hatte die unangenehme Angewohnheit, sich ein „Nest" zu kratzen, bevor sie sich hinlegte. An sich ist das ganz natürliches Verhalten, ein uralter Instinkt, um einen – je nach Jahreszeit - warmen oder kalten Liegeplatz im Sand oder in der Erde zu schaffen. Aber das Dumme war, dass Dunya erst die Decken weg kratzte, bevor sie sich in den Korb legte, dann aber den kahlen Korb nicht komfortabel genug fand. Also suchte sie den nächsten Korb auf, in dem sie ihr „Spiel" wiederholte.

Ständig war ich damit beschäftigt, ihre Körbe in Ordnung zu bringen und anschließend zuzuschauen, wie Dunya alles wieder durcheinander brachte.

Ein neuer Hundekorb war auch immer so eine Sache. Würde Dunya – oder wenigstens einer der anderen Hunde – ihn akzeptieren oder nicht? Das wusste man vorher nie. Selbst stellte ich einige Anforderungen: Er sollte leicht zu reinigen sein, unter meinen Schreibtisch passen und wenn's geht auch noch ein bisschen nett aussehen. Aber natürlich versuchte ich auch, den Anforderungen der Hunde gerecht zu werden: rund oder oval, breiter Rand, der hart genug ist, um den Kopf drauf zu legen, ohne dass er einsackt, aber weich genug, um gemütlich drauf liegen zu können. Ansonsten musste der Rand hoch genug sein, um dieses wunderbar behagliche Gefühl hervorzurufen, aber niedrig genug, um leicht einsteigen zu können.

Natürlich musste auch ein Kissen drin liegen. Das durfte nicht zu dünn sein, sodass man schön weich liegt, aber auch nicht zu dick, weil man dann zu tief darin einsinkt.

Wochenlang war ich im Internet unterwegs, um Körbe, Betten, Preise und Material zu vergleichen. Endlich habe ich ein Hundebett gefunden, das meinen und den Ansprüchen der Hunde gerecht werden sollte. Ein ovales Bett aus Kunstleder mit niedrigem Einstieg und weichem, aber stabilem Rand und einem weichen Kunstlederkissen.

Als das Bett geliefert wurde, packte ich es begeistert aus, beförderte den alten Korb mit einem gezielten Tritt zeitweilig mitten ins Zimmer und stellte das neue Prunkstück unter meinen Schreibtisch.

Als Erste schaute Dunya sich die Neuerwerbung neugierig an und setzte vorsichtig eine Pfote hinein. O nein, die Pfote sank zu tief im Kissen ein. Abgelehnt!

Toby, mein Schlappohr, der sonst nur mit Mühe unter meinem Schreibtisch hervor zu locken ist, ließ sich zufrieden in den alten, vergammelten Korb fallen, der jetzt mitten im Zimmer stand.

So war das ja nun nicht gedacht. Ich untersuchte das Kissen. Kunstleder-Überzug mit Reißverschluss und weichem Innenkissen. In dem Überzug war ziemlich viel Luft, wodurch der Effekt eines Wasserbettes entstand. Also Reißverschluss öffnen und etwas Luft aus dem Kissen pressen.

«Besser, aber immer noch nicht zufriedenstellend», fand Dunya.

Decke auf das Kissen. «Hm, immer noch zu viel Wasserbett».

Aber meine Trickkiste war noch lange nicht leer. Aus einem anderen Korb holte ich ein Kissen, auf dem sie gern lag. Leckerchen drauf und abwarten. Na gut, das Leckerchen wollte Dunya sich holen, aber mehr als eine Pfote ging immer noch nicht in das neue Bett.

So schnell gab ich nicht auf. Das neue Kissen zog – wie gemein von mir! – in Dunyas Lieblingskorb bei der Heizung um. Was würde sie jetzt wohl machen? Ha, wusste ich es doch, unter Protest legte sie sich drauf. Das war zwar prima, aber eigentlich doch nicht ganz, was ich erreichen wollte, denn das neue Hundebett stand immer noch leer.

Zeitweilig legte ich das alte, verschlissene Kissen in das neue Hundebett. Und am selben Abend legten sich tatsächlich verschiedene Hunde hinein, schließlich und endlich auch Dunya!

Nach einigen Tagen konnte ich das alte Kissen mit dem neuen vertauschen, und seitdem war das neue Hundebett *mit* neuem Kissen praktisch rund um die Uhr besetzt.

37

Nicht unterzukriegen

Dunya hatte eine starke Konstitution und war fast nie krank. In ihrem zweiten Jahr hier in den Niederlanden hat sie eine Wurmkur nicht gut verkraftet. Sie lag sehr traurig in ihrem Korb, die Ohren nach hinten geklappt, hatte einen seltsamen Blick, Untertemperatur, ihr Atem ging röchelnd, die Wangen waren dick, und ihr war schlecht.

Um zehn Uhr abends bin ich noch mit ihr zum Tierarzt. Und das mit gutem Grund. Dunyas Därme arbeiteten nicht mehr; sie waren völlig verkrampft. Die Schleimhäute in der Schnauze waren geschwollen. Der Grund war wahrscheinlich eine allergische Reaktion.

Sie bekam Antibiotika, eine Injektion, um die Darmwirkung wieder zu aktivieren und eine weitere gegen die Allergie. Wir mussten sie auf dem Tisch festhalten, weil sie zu schwach war, um selbständig stehenzubleiben.

Nachts im Bett habe ich sie in warme Decken gewickelt. Sie hat die ganze Nacht ruhig geschlafen, und am nächsten Tag ging es ihr zum Glück wieder besser.

Seitdem entwurme ich meine Hunde nicht mehr prophylaktisch, sondern nur noch, wenn es notwendig ist. In all den Jahren bin ich damit bisher immer gut gefahren.

Trotz ihrer guten Gesundheit, bekam natürlich auch Dunya einige Alterswehwehchen.

Als sie vierzehn war, begann die Inkontinenz, anfangs lediglich nachts und mit Medikamenten gut einzustellen. Aber irgendwann ließ die Wirkung der Medikamente nach, und jeden Morgen war Dunyas Korb nass.

Ich habe mit Hundewindeln experimentiert, aber sie blieben nie gut sitzen. Schließlich habe ich mich damit abgefunden, jeden Morgen den Korb auszuwischen. Zum Glück war er aus Kunstleder. Abends legte ich immer eine spezielle Unterlage in den Korb, auf Dunyas Kissen, sodass sie während der Nacht trocken lag.

Manchmal war Dunya immer noch „die Alte", in anderen Momenten schien sie aber auch irgendwie traurig und deprimiert.

In ihren letzten Jahren hat sie sehr abgenommen und fraß schlecht. Trockenfutter verweigerte sie schon seit langem. Sie fraß nur noch Hühnchen, Fisch, Dosenfutter und manchmal Nudeln mit Ei. Aber auch das ging nicht immer von Herzen.

Meine Tierärztin stimmte mir zu, Dunya – innerhalb gewisser Grenzen – das zu geben, was sie mochte. Ich wollte und sollte sie in ihrem Alter nicht mehr zu ausbalanciertem Hundefutter „zwingen".

Auch als sie schon vierzehn Jahre war, rannte Dunya immer noch gern und oft, durchaus auch mal eine Stunde hintereinander, sei es am Schluss mit zitternden Hinterläufen. Die Muskeln der Hinterhand waren deutlich schwächer geworden.

Als sie älter wurde, schlief Dunya viel fester, was bei alten Hunden ja oft der Fall ist. Manchmal bekam sie gar nicht mit, wenn ich ins Bett ging und die Hunde ihr „Betthupferl" bekamen.

Auch ihr Gehör wurde schlechter. Da Dunya bereits an Handzeichen gewöhnt war, war das aber kein großes Problem. Nur auf den Spaziergängen war es nun nicht mehr möglich, Kontakt mit Dunya zu bekommen, wenn sie vor mir her lief. Ich musste gut auf sie achten, damit sie mich nicht „verlor". Meist löste sie das Problem, indem sie sich regelmäßig nach mir umschaute, was sie früher kaum gemacht hatte.

Sie konnte noch aufs Sofa und ins Auto springen, es machte ihr nur mehr Mühe als früher.

Am Sonntag, dem 26. Mai 2013, war Dunya morgens noch mit spazieren gegangen, aber als sie zuhause aus dem Auto springen wollte, fiel sie plötzlich um. Ihre ganze rechte Seite schien wie gelähmt, sie konnte nicht selbst stehen, und ihr linker Vorderlauf war steif. Sie krümmte ihre Zehen wie in einem Krampf. Ihre Augen schossen ständig unruhig von rechts nach links.

Für mich als Laie schienen die Symptome auf einen Gehirninfarkt zu deuten, wie Menschen ihn auch bekommen können.

Ich musste sie aus dem Auto heben und ins Haus tragen. Dort lief sie apathisch durchs Zimmer und fiel stets um. Sie wollte nichts fressen, nicht trinken. Es ging ihr gar nicht gut.

Die Krankheit stellte sich als geriatrisches Vestibularsyndrom heraus, ein Problem des Gleichgewichtsorgans, das bei alten Hunden wohl öfter vorkommt und manchmal fälschlicherweise als Gehirninfarkt diagnostiziert wird.

Soweit ich das als Laie verstanden habe, ist es eine Art „Kurzschluss" im Gehirn, der das Gleichgewichtsgefühl und die Koordination des Hundes beeinträchtigt. Dadurch ist ihm oft sehr übel, was wahrscheinlich der Grund für Dunyas Futterverweigerung war.

Sie bekam eine Spritze gegen die Übelkeit. Innerhalb einer Woche müsste Verbesserung eintreten; sonst sähe es schlecht aus.

Mittags trank Dunya ein bisschen, aber zwischendurch musste ich ihr Wasser in die Schnauze spritzen, um an die zweihundert Milliliter Wasser pro Tag zu kommen, die Dunya mindestens zu sich nehmen sollte. Fressen wollte sie jedoch noch immer nicht, nicht mal ihre Lieblingskost, Hühnchen, Brot und Paprika.

27. Mai 2013: Dunya geht schwankend in den Garten. Ich lasse sie kurze Strecken allein laufen oder unterstütze sie mittels ihres Brustgeschirrs.
Sie scheint jegliche Orientierung verloren zu haben, läuft ständig im Kreis herum, bis ich dieses Verhalten durchbreche.

Auch die nächsten Tage fiel Dunya das Laufen schwer; manchmal konnte sie gar nicht selbst laufen oder stehen und fiel sofort um. Aber obwohl sie kaum noch Energie zu haben schien, hatte ich den Eindruck, dass sie noch nicht aufgeben wollte. Und ich wollte das ebenso wenig. Ich hoffte, dass wir die Krankheit gemeinsam würden besiegen und dass Dunya danach wieder ein normales Leben würde führen können. Und damit sollte ich Recht behalten.

29 Mai 2013: Sie geht in den Garten, sanft von mir gesteuert, und löst sich. Jetzt trinkt sie auch selbständig. Endlich!
Sie nimmt die Kurve ins Haus etwas zu flott und knallt gegen den Türrahmen. So schnell kann sie noch nicht laufen. Aber es zeigt immerhin, dass sie wieder will.
Ich habe mich mit der Tierärztin beraten: Dass Dunya nicht frisst, ist Grund zu großer Sorge bei ihrer schwachen Kondition. Das bisschen Energie, das sie noch hat, braucht sie zum reinen Über-leben. Die Energie, die für die Genesung notwen-dig ist, hat sie nicht mehr.
Problem: Durch die Übelkeit will sie nicht mehr fressen. Bei langem Fasten verschwindet aber das Hungergefühl, und je weniger sie frisst, desto mehr nimmt die Übelkeit zu. Darum ist Zwangs-fütterung jetzt die einzige Möglichkeit, um diesem Teufelskreis zu entkommen.

Mit einer großen Spritze habe ich Dunya spezielles energiehaltiges Futter vom Tierarzt in die Schnauze gespritzt.

31. Mai 2013: Dunya geht ein paar Mal selbst in den Garten. Will mit spazieren gehen. Nach zehn

Minuten setzt sie sich hin und läuft danach schwankend zum Auto zurück. Aber es ist ein Anfang!
Sie frisst wieder selbständig ein wenig Dosen-futter.

Nach sechs Tagen war sie endlich soweit, dass sie wieder selbständig ein bisschen Dosenfutter fraß und auch, wenn auch schwankend, kurze Strecken an der Leine laufen konnte.

Insgesamt hat es mehr als eine Woche gedauert, bis es ihr wirklich besser ging. Sie nahm dann wieder an jedem Spaziergang teil, sprang in und aus dem Auto und aufs Sofa.

Aber die Krankheit ist nicht spurlos an ihr vorbei gegangen; sie erschien um Jahre gealtert. Ihren Kopf hielt sie von da an immer etwas schief, und sie stand unsicherer auf den Beinen als früher.

Scharfe Wendungen konnte sie nicht mehr machen, und bei Hügeln oder Löchern im Boden verlor sie manchmal ihr Gleichgewicht.

Einen Monat nach ihrer Krankheit habe ich sie zum ersten Mal wieder frei laufen lassen. Ich musste schon schlucken, als ich sie rennen sah. Nicht länger als zehn, zwanzig Meter hintereinander und anstelle des graziösen gestreckten Galopps sah ich jetzt linkisch wirkende Sprünge. Nach zehn Minuten fing sie schon an zu hecheln.

Das schien sie jedoch kaum zu beeinträchtigen; sie hat den Freilauf genossen und machte zum ersten Mal seit ihrer Krankheit wieder einen glücklichen Eindruck, auch wenn das Lachen auf ihrem weißen Gesicht etwas weniger ausgeprägt war als sonst.

Dies war nun mal ihre Lieblingsbeschäftigung: über die Hügel und zwischen den Heidepflanzen hindurch laufen. Wenn man bedenkt, wie schlecht ihre Koordination seit der Krankheit geworden war, machte sie ihre Sache noch recht gut. Und dass sie es nicht merkte, als noch keine fünfzig Meter von ihr entfernt ein paar Kaninchen über den Weg rannten, fand ich gar nicht schlimm.

Auf den Spaziergängen an der Leine legte Dunya sich mehr aufs Schnüffeln zu anstelle aufs „Kilometerfressen" wie früher, das allerdings ausführlich und mit großer Begeisterung. Ihre Nase war fast immer am Boden.

Seit ihrer Krankheit wurde Dunya, vor allem abends, von einer großen Unruhe geplagt. Es war dann nicht deutlich, was sie wollte; sie stand neben mir und sah mich fortwährend an. Oder sie stand mitten im Zimmer und starrte apathisch vor sich hin. Das Letzte machte sie übrigens auch während unserer Spaziergänge.

Ich musste dann immer durch Elimination herausfinden, was sie wollte: noch etwas essen, nach draußen, Aufmerksamkeit, Streicheleinheiten, eine kleine Massage? Meist wollte sie eine Kombination all der Dinge, in wechselnder Reihenfolge.

Das Essen konnte alles Mögliche sein. Was sie mittags noch lecker fand, lehnte sie abends ab. Und sie fraß dann zwei Bissen und lief weg. Wegen meiner anderen vier Hunde – die nur darauf warteten, dass Dunya ihren Futternapf unbeaufsichtigt ließ – konnte ich das Essen nicht stehen lassen. Also nahm ich es wieder weg, um es fünf Minuten später wieder anzubieten, und dann wollte sie manchmal noch ein paar Häppchen nehmen.

Was das „raus wollen" betrifft, war es nicht anders. Manchmal war sie gerade fünf Minuten im Haus und wollte wieder nach draußen. Dann stand sie auf der Terrasse, starrte vor sich hin und wollte wieder ins Haus. So ging das oft stundenlang hintereinander.

Auch für mich gestalteten die Abende sich dadurch recht schwierig, denn ich kam ja auch nicht mehr zur Ruhe. Gerade abends hatte ich das Bedürfnis nach etwas Entspannung, aber die war mir nur selten vergönnt. Einen Film im Fernsehen ohne Unterbrechungen anzuschauen, war zum Beispiel völlig unmöglich. Länger als zehn, fünfzehn Minuten konnte ich eigentlich nie sitzen bleiben, ohne dass Dunya wieder „etwas" wollte. Wenn ich mein warmes Essen zu mir nehmen konnte mit nicht mehr als zwei Unterbrechungen, hatte ich Glück.

Bei einem jungen gesunden Hund hätte ich das Verhalten ignoriert; aber bei Dunya war es jetzt anders. Ich wusste ja, dass es kein Unwille war und auch kein Versuch, Aufmerksamkeit zu erzwingen. Außerdem schlug bei Dunya auch die Demenz zu. Sie bekam alles nicht mehr so gut auf die Reihe. Und wenn sie gerade draußen war und nach einigen Minuten erneut nach draußen wollte... tja, dann öffnete ich halt wieder die Tür.

Meine Geduld wurde dabei auf eine harte Probe gestellt. Und ich muss zugeben, dass es mir trotz aller guten Vorsätze nicht immer gelungen ist, geduldig zu bleiben. Und wenn ich dann mal wieder irritiert reagierte, weil ich einfach kaputt war, zu müde, zu gestresst, dann fühlte ich mich hinterher immer schuldig, erklärte ihr, dass ich es nicht so gemeint hatte und bemühte mich, es wieder gut zu machen.

Im September 2013 war Dunya eine Woche sehr krank, wodurch sie noch mehr abgenommen hat. Achtzehn Kilo wog sie nur noch. Sie war ja schon lange sehr schlank wegen ihres schlechten Fressens, aber nun wurde sie geradezu mager.

Am 11. Oktober desselben Jahres bekam Dunya zum zweiten Mal ein geriatrisches Vestibular-syndrom. Nur war es dieses Mal schlimmer, und es dauerte auch länger, bis sie sich davon erholt hatte. Tagelang konnte sie nicht selbst aufstehen und fiel oft um, wenn ich sie aus ihrem Korb hob und auf die Beine stellte. Außerdem hatte sie ihre Blase weniger gut unter Kontrolle, wodurch sie regelmäßig ihren Urin laufen ließ.

11. Oktober 2013: Dunya ist den ganzen Abend unruhig. Ihre Augen drehen immer nach oben weg. Alle paar Minuten will sie aufstehen, kann aber nur die Vorderbeine aufrichten; die Hinterbeine sind wie gelähmt. Sie fällt immer wieder um. Sie sabbert stark. Wahrscheinlich ist ihr übel.

In ihrem Korb lässt sie Urin laufen.
Nachts gelingt es ihr, von Brustgeschirr und Leine unterstützt, auf die Beine zu kommen. Sie läuft zu einem anderen Hundekorb. Aber auch dort bleibt sie unruhig. Mit meiner Hilfe geht sie zum Wassernapf – sie trinkt nicht, wenn ich den Napf in ihren Korb stelle! - und trinkt zum Glück recht viel.

13. Oktober 2013: Mit einer Spritze fünfzig Milliliter Wasser und gemahlenes Fleisch gegeben. Das Einzige, was Dunya selbst frisst, ist eine bestimmte Sorte Hundekekse.

15. Oktober 2013: hundertfünfzig Milliliter Futter, vermischt mit Tee, eingespritzt.
Endlich versucht Dunya aufzustehen. Das schafft sie nicht alleine. Ich hebe sie aus dem Korb, die Hinterbeine hängen schlapp herunter. Aber wenn sie einmal läuft (ich trage sie nach draußen), mit dem Brustgeschirr um, geht es besser. Sie schwankt zwar genau wie die letzten Tage, läuft aber etwas schneller.
Getrunken hat sie nicht, aber ich denke, durch die Spritzen bekommt sie genügend Feuchtigkeit.

Die Gesundung ging nicht, wie beim letzten Mal, in gleichmäßiger – sei es langsamer – Kurve nach oben von statten. Den einen Tag ging es besser, den anderen wieder schlechter. Dann konnte sie nicht laufen, wollte nichts fressen.

Wir mussten Geduld haben, meinte auch die Tierärztin.

Nach einer Woche meldete Dunya selbst, dass sie mit spazieren gehen wollte. Das ging auch recht gut, aber nach zehn Minuten war sie fix und fertig, und ich musste sie zum Auto zurück tragen.

Nach zehn Tagen konnte Dunya endlich wieder besser selbständig fressen, und sie schaffte einen Spaziergang von zwanzig Minuten.

20. Oktober 2013: Dunya geht eine Viertelstunde spazieren. Sehr langsam, viel schnüffeln, aber immerhin. Danach muss sie allerdings zum Auto getragen werden.
Sie frisst getrocknetes Kängurufleisch, etwas Truthahnfilet, Wurst und getrockneten Pansen.

23. Oktober 2013: Wir gehen zwanzig Minuten spazieren, Dunya an der langen Leine. Es gefällt ihr sichtbar gut, sie schnappt sich unterwegs einen Maiskolben (frisst ihn aber nicht). Die letzten zehn Minuten wird sie langsamer und schwankt auch wieder, aber läuft doch besser als sonst auf dem Rückweg.
Sie frisst auch wieder besser: Hundekekse, Rührei, etwas Frolic und hundert Gramm getrocknetes Kängurufleisch.

Sie schlief in dieser Zeit sehr viel, Stunde um Stunde lag sie in ihrem Korb. Und sie begann, mehr zu trinken. Im Gegensatz zu früher achtete Dunya sehr auf mich, wollte immer in meiner Nähe sein und folgte mir oft mit den Augen, wenn ich durchs Zimmer ging.

Obwohl es ihr so schlecht ging, hatte ich auch dieses Mal den Eindruck, dass sie noch nicht aufgeben wollte. Und so kämpften wir wiederum gemeinsam gegen die Krankheit. Es war eine schwere Zeit, für uns beide.

Nach zwei Wochen habe ich sie wieder frei laufen lassen. Sie rannte zwar nicht, lief aber recht gut mit koordinierten Bewegungen; ab und zu trabte sie ein Stück.

Endlich, nach drei Wochen, hatten wir es geschafft. Dunya aß wieder besser, auch wenn ich nach wie vor bei jeder Mahlzeit ausprobieren musste, worauf sie Appetit hatte.
Sie begleitete uns auf jedem Spaziergang und lief zügig mit. Ab und zu schwankte sie noch etwas, wenn sie auf einem Hügel lief, bei starkem Wind, wenn sie zu schnell in die Kurve wollte oder beim Springen über einen Heidestrauch.
Die Tierärztin meinte auch, dass Dunya ziemlich schwankte beim Laufen und breitbeinig stand und lief. Das hat sie nie mehr ganz verloren, aber es scheint sie nur wenig beeinträchtigt zu haben.
Das Ausgraben von Kaninchenbauten ging nicht mehr so leicht wie früher, manchmal fiel sie beim Graben um. Aber dann stellte sie einfach die Hinterbeine etwas weiter auseinander und machte weiter.

Obwohl es Dunya nach der Krankheit wieder recht gut ging, hatte sie sich verändert. Sie fror schnell und musste dann ein Mäntelchen an oder unter die

Decke. Extra für Dunya hatte ich seitdem die Heizung auch nachts an gelassen. Vielleicht war es auch das Alter und hatte nichts mit der Krankheit zu tun, wer weiß das schon.

Die Genesung setzte sich fort. Es ist unglaublich, wie stark Podencos doch sind!

Im November 2013 rannte Dunya wieder, zwar ein wenig steif, aber mit viel Begeisterung. Sogar nach einer halben Stunde Laufen setzte sie noch zu einem kurzen Sprint an, das hatte sie seit Monaten nicht mehr gemacht.

Die Muskeln ihrer Hinterläufe zitterten auch weniger, wenn sie eine Weile gerannt hatte, und sie war sogar wieder in der Lage, auf den Hinterbeinen zu stehen, um mit den Vorderpfoten die Anrichte zu erreichen… stellte sich heraus, als dort ein Beutel mit Pansenstreifen lag.

38

Das Ende naht

Erstaunlich, mein zähes altes Mädchen! So mager war sie, weil sie weiterhin schlecht fraß. Trockenfutter wollte sie schon lange nicht mehr, Dosenfutter selten, aber ach, in dem Alter – sie war inzwischen beinahe sechzehn Jahre – darf es auch schon mal Bami Goreng, Leberwurst, Hühnchen oder Kartoffelpüree sein und ab und zu etwas Pansen.

Im Haus zeigte Dunya sich immer öfter als „Podenco mit Hängeohren". So richtig wohl fühlte sie sich hauptsächlich draußen. Dann stellte sie die Ohren auf und rannte, zwar weniger oft und lang als früher, aber es sah immer noch recht professionell aus.

Ansonsten legte sie sich aufs Schnüffeln zu. Minutenlang konnte sie bei einem Strauch oder einer Grassode stehen und die Nase hineinstecken. Oder sie stand nur da und starrte ins Leere – oder in die Ferne? Ich nannte das „Meditieren".

Auf ihre alten Tage wurde sie etwas anhänglicher, ab und zu kam sie zum Kuscheln zu mir, was sie früher praktisch nie tat. Aber in ihren letzten Monaten genoss sie regelmäßig ihre Streicheleinheiten und auch ein wenig Massage.

Trotz der verschiedenen Medikamente, die Dunya bekam, beschränkte die Inkontinenz sich nicht mehr auf die Nächte. Auch tagsüber hatte sie ihre Blase oft nicht mehr unter Kontrolle. Das Gleiche galt für ihre „Unruhe", die jetzt auch stets häufiger tagsüber auftrat und nicht nur abends.

Mitte April 2014 ging es ihr plötzlich wieder schlecht. Sie wollte nicht spazieren gehen, nicht fressen, und sie hatte leichten Nasenfluss.
Nach zwei Tagen war das wieder vorbei; sie schüttelte sich ausgiebig und kam wedelnd aus ihrem Korb. Wieder bereit für die Welt…
Dennoch verlor sie ab und zu etwas Blut aus einem Nasenloch und röchelte regelmäßig, vor allem wenn sie gerannt hatte.
Die Tierärztin wusste auch nicht recht, was sie davon halten sollte. Dunya bekam verschiedene Medikamente, um mögliche Ursachen auszuschließen. Nachdem diese leider keine Verbesserung von Dunyas Zustand bewirkt hatten, blieb eine Ursache übrig: ein Tumor in der Nase.
In Absprache mit der Tierärztin habe ich mich gegen weitere Untersuchungen wie Röntgenfotos und Ultraschall entschieden; einerseits weil eine Narkose zu belastend für Dunya gewesen wäre; andererseits weil – sollte sich die Vermutung eines Tumors bestätigen – dieser laut Tierärztin auf jeden Fall inoperabel wäre und auch ansonsten nicht behandelt werden könnte.
Ich musste also abwarten.

Der Nasenfluss verschwand, aber das Röcheln blieb und verschlimmerte sich. Dazu kam, dass Dunya immer mehr hechelte. Medikamente brachten nur kurzzeitige Verbesserung. Die Nase schien immer mehr „zu" zu wachsen. Dunya konnte stundenlang durchs Zimmer laufen und hecheln, vor allem abends. Das ging mir furchtbar ans Herz, wenn ich sie so sah und ihr nicht helfen konnte.

Wirklich glücklich wirkte sie nur noch auf den Spaziergängen. Dann konnte sie manchmal noch ein bisschen rennen und ein paar Bocksprünge machen, die Ohren im Nacken und ein Lachen auf dem Gesicht. Dann war sie wieder kurz „Dunya der Podenco". Aber diese Momente wurden immer seltener.

Dann kommt unweigerlich der Augenblick, wo man sich fragen muss, ob man seinen Hund nicht besser einschläfern lassen sollte. Stunde um Stunde habe ich darüber mit Tom und mit Freunden gesprochen, die Dunya und mich gut kennen. Und wenn ich nicht darüber sprach, war ich gedanklich damit beschäftigt. Aber Dunya hatte immer noch Spaß auf der Heide. Durfte ich ihr den nehmen?

Ende Juli habe ich mich erneut mit der Tierärztin beraten, versucht, nüchtern die Bilanz zu ziehen. Wie geht es jetzt? Ist die Lebensqualität noch gegeben?

Es ist schwer, den Hund, den man liebt, objektiv zu beurteilen. Denn irgendwie blieb Dunya für mich ihr Leben lang der junge, fröhliche, glückliche Podenco. Aber wenn ich ehrlich zu mir selbst war, musste ich zugeben, dass sie das schon lange nicht mehr war.

Die Inkontinenz nahm zu; meist war Dunyas Rückseite nass. Sie trank sehr viel, hatte oft

Durchfall. Das Rennen wurde bedeutend weniger, und sie schlief sehr viel; beides normal für einen alten Hund. Aber für einen Podenco ist Rennen ein wichtiger Teil seines Lebens.

Nach dem Liegen war Dunya steif. Die Muskeln der Hinterhand wurden immer schwächer, nicht nur wegen ihres Alters, sondern auch durch die Medikamente, die sie bekam. Die Tierärztin fand, dass sie sehr breitbeinig stand und schwankte beim Laufen, was mir schon nicht mehr auffiel.

Die Nasenschleimhäute waren zweifellos irritiert; das dürfte sie erheblich behindert haben. Aber Schmerzen hatte sie anscheinend nicht, das war mein Eindruck und auch die Meinung der Tierärztin.

Das Schlimmste war das stundenlange Stehen im Zimmer, hecheln und röcheln und die Mutlosigkeit und Müdigkeit, die sie dann ausstrahlte. Durch den Tumor in der Nase bekam sie immer mehr Probleme mit der Atmung, was auch beim Fressen lästig war.

Und was stand auf der positiven Seite der Bilanz?

Herz und Lungen waren gut. Sie hatte immer noch Spaß an den Spaziergängen, konnte noch zwei Mal am Tag eine Stunde laufen. Sie konnte mit Hilfe noch ins Auto springen.

Aber ich musste auch realistisch sein und die zwei Stunden Spaß pro Tag abwägen gegen all die anderen Stunden, in denen Dunya sich auf jeden Fall nicht wohl fühlte, oftmals sogar einen ausgesprochen unglücklichen Eindruck machte.

Die Tierärztin riet mir, Dunya einschläfern zu lassen.

Und nach einigen schweren, sehr schweren Tagen entschied ich mich, ihrem Rat zu folgen.

Weil es nicht mehr besser werden würde, nur noch schlechter. Weil Dunya am Ende war. Weil sie nicht mehr – oder nur noch kurze Zeit am Tag – die Dinge tun konnte, die ihr Spaß machten. Weil sie die meiste Zeit eine unglaubliche Müdigkeit und Traurigkeit ausstrahlte. Weil das Atmen ihr immer schwerer fiel. Weil wirkliche Lebensqualität nicht mehr gegeben war.

Am 4. August 2014 gingen wir zum Tierarzt. Dunya bekam eine Spritze, um zu schlafen. Ich legte sie auf meinen Schoß und wartete, bis sie fest schlief. Dann wurde ihr Vorderbein rasiert, für die letzte Spritze. Das hat Dunya nicht mehr mitbekommen. Ihre Atmung wurde langsamer, bis sie ganz aufhörte, innerhalb weniger Minuten. Es ging sehr schnell.

Ich bin noch lange so sitzen geblieben mit Dunya auf dem Schoß, habe sie gestreichelt. Wie schwer ist es doch loszulassen.

Kurz vor Dunyas Tod hatte ich erfahren, dass auf der Heide in einigen Wochen Schafe zur Begrasung eingesetzt würden. Dadurch würden die Hunde einige Monate dort nicht mehr frei laufen dürfen, und ich zerbrach mir den Kopf, wo ich mit Dunya hin sollte, um ihr den Freilauf weiterhin zu ermöglichen.

So weit ist es dann nicht mehr gekommen. Für mich hatte es fast symbolischen Charakter, dass die „Ära Dunya" gemeinsam mit der „Ära Heide" zu Ende ging.

In memoriam

Erinnerungen – die junge Podenca, die mein Bettzeug zerfetzt, den Garten umgräbt, die Pflanzen schreddert und alles im Haus kaputtmacht, was ihr zwischen die Pfoten und in die Schnauze kommt… um nachts todmüde und glücklich in meinen Armen einzuschlafen.

Stundenlanges Warten in Eiseskälte, erst böse, dann ängstlich, bis Dunya endlich ausgerast war; eine patschnasse, schmutzige, aber oh so glückliche Dunya, die nach ihren Abenteuern wieder fröhlich und zufrieden neben mir stand.

Jahrelang habe ich nach einem Kompromiss zwischen Freiheit und Sicherheit gesucht und ihr trotz allem, was dagegen sprach, doch immer wieder den Freilauf gegönnt. Und wie hat sie ihn genossen! Die letzten Jahre, in denen sie meist in Sichtweite blieb, gab sie mir die Möglichkeit, ihre Freude zu teilen und meinen immer noch rasend schnellen, graziösen Hund zu bewundern.

Dunya war, im Gegensatz zu den meisten Podencos, kein Schmuser. Im Laufe der Jahre wurde sie immer selbständiger und unabhängiger. Ich war brauchbar als Dosenöffner, Portier und fürs Zudecken im Winter. Aber wenn sie krank war oder ich nach längerer Abwesenheit nach Hause kam, zeigte sie sich verschmust und vermittelte mir den Eindruck, dass sie mich auf ihre Art doch gern hatte.

Die letzte Zeit wurde sie plötzlich wieder anhänglicher. Kam regelmäßig Streicheleinheiten einfordern, leckte mir die Hände. Achtete auf mich beim Spaziergang.

Dunya war kein Hund, den man liebte, weil…, sondern trotz… ein Hund, über den man, vor allem während der ersten stürmischen zehn Jahre ihres Lebens, Bücher schreiben konnte - was ich dann ja auch getan habe.

Aber Dunyas Einfluss reicht weiter. Sie gab den Anstoß zu vielen Kontakten in Rescue-Land, denen ich einige wertvolle Freundschaften verdanke. Die Podencozeitung, meine Website, Hilfe für Menschen mit Fragen über oder Probleme mit ihrem Podenco, das jährliche Podencotreffen, mein Podencobuch.

Ohne Dunya hätte es all das nicht gegeben.

Und so hat dieses kleine Hündchen mit den Fledermausohren und den langen Beinen, das ich am 24. Juli 1998 am Flughafen in meine Arme schloss, nicht nur einen gewaltigen Einfluss auf mein eigenes Leben gehabt, sondern es hat auch die Leben vieler anderer Menschen und Hunde beeinflusst und bereichert.

Und nun ist mein früherer Wirbelwind sechzehn Jahre und fünf Monate alt, und sie kann nicht mehr. Bisher hatte nichts sie unterkriegen können, aber gegen den inoperablen Tumor in ihrer Nase konnte auch meine starke Podenca nicht an. Und zum ersten Mal konnte ich ihr nicht mehr helfen und musste machtlos zusehen.

Dunya, mein kleines großes Mädchen. Was für eine Liebe. Bis zuletzt hatte sie Freude an unseren Spaziergängen, aber die restliche Zeit machte sie einen tief unglücklichen Eindruck, konnte keine Ruhe mehr finden, schaute mich an, fragend, mutlos, verzweifelt.

Ihre Augen, die immer so „menschlich" waren, so sprechend, in denen alle Weisheit dieser Welt zu liegen schien. Aber statt schelmischer Lebensfreude und Energie strahlten ihre Augen jetzt eine intensive Müdigkeit aus.

Es ist genug gewesen. Es ist gut. Wie schwer es mir auch fällt, sie loszulassen, ein letztes Mal, dieses Mal für immer, ist es doch das Letzte, das ich noch für sie tun kann. Auch das ist Liebe.

In meinen Armen ist sie friedlich eingeschlafen, hinübergeglitten in … wer weiß… eine andere Welt, das Land hinter dem Regenbogen, wo sie wieder jung ist und nach Herzenslust rennen kann…

In dieser Welt wird sie weiterleben in meinem Herzen und in den Herzen vieler anderer Menschen, die Dunya geliebt haben, in unzähligen Fotos, in den Geschichten, den Büchern, in unserer Erinnerung.

Danke, Dunya, dass du da warst!

Dein Mensch

Judy Kleinbongardt, 4. August 2014

Epiloog: Maya

Dunyas Verlust hat mich schwer getroffen. Ich liebe all meine Hunde, aber wenn man so viele Hunde (gehabt) hat, dann sind doch immer einige darunter, die einen speziellen Platz im Herzen einnehmen. Und so ein Hund war Dunya.

Es brauchen nicht immer die „pflegeleichtesten" Hunde zu sein, die sich schnell und problemlos anpassen, nie etwas kaputtmachen, nicht weglaufen und sozial im Umgang mit anderen Hunden sind. Im Gegenteil, oftmals sind es gerade die schwierigen Hunde, die viel Geduld und Anpassung erfordern und einen zwingen, die eigene Toleranzgrenze stets aufs Neue zu verlegen, sie sich in unsere Herzen stehlen.

Auch dafür war Dunya ein Beispiel.

Nach Dunyas Tod ging es mir psychisch nicht gut. Das Gefühl des Verlustes begleitete mich durch den Tag; und nachts konnte ich keinen Schlaf finden, weil ich an sie dachte.

Die Erinnerungen taumelten in meinem Kopf durcheinander. Jede an sich unbedeutende Situation konnte der Auslöser sein, vor allem natürlich die Heide, wo ich in Dunyas letztem Lebensjahr fast täglich mit ihr lief und die nach einigen Monaten wieder für Hunde freigegeben war, nachdem die grasenden Schafe ihre Pflicht erfüllt hatten. Die Flash Backs waren dermaßen intensiv, dass es fast körperlich weh tat.

Dunya konnte nicht zurückkommen, aber ich konnte wohl wieder einen Podenco aufnehmen.

Und das habe ich getan. Am 17. November 2014 habe ich Maya adoptiert, eine elfjährige Podenco canario-Hündin aus einem Tierheim auf Tenerifa. Ich habe mich bewusst für einen anderen Podencotyp entschieden – Dunya war eine Ibicenca –, der Dunya äußerlich nicht ähnelt. Auch charakterlich unterscheidet Maya sich von Dunya, und das ist gut.

Aber ich habe wieder einen Podenco in meinem Leben, und auch das ist gut.

Manchmal frage ich mich, was Dunya wohl davon gehalten hätte, dass ich Maya adoptiert habe. Hinterbliebene von Menschen sagen ja gern: «Das hätte er/sie so gewollt!», wobei der vermeintliche Wunsch des Verstorbenen sich meist auf wundersame Weise mit dem Wunsch dieser Hinterbliebenen deckt.

Aber dennoch, Dunya war sehr nüchtern. Ich kann mir gut vorstellen, dass ihr Gefühl in etwa wäre: «Es ist wie es ist, wir hatten eine tolle Zeit zusammen. Und jetzt ist es an der Zeit, einem anderen Podenco eine Chance zu geben. Mensch, mach weiter und genieße das Leben. Habe ich auch gemacht».

Für einen fröhlichen Abschluss, hier noch eine Erinnerung aus dem Jahre 2013:

Multitasken mit fünf Hunden

Ich esse gern, aber ich koche nicht gern. Darum teile ich mir die Zeit, die ich in der Küche verbringen muss, so effektiv wie möglich ein. Beim Kochen wird gleich der Joghurt mit Müsli und Obst vorbereitet, den ich später am Abend esse, frisches Gemüse wird geputzt und eingefroren, und vielleicht könnte ich auch gleich den Salat für morgen vorbereiten...?

Es gelingt mir nicht immer, alle Bestandteile meiner Mahlzeit gleichzeitig fertig zu haben, auch ohne dass mich meine fünf haarigen Mitbewohner beim Kochen stören. Erst die Möhren schälen, die dauern am längsten. Zwiebel schneiden für die Würstchen.

Dunya steckt ihren Kopf durch die Küchentür und „will etwas". Nun war sie gerade zwei Wochen sehr krank und frisst immer noch schlecht. Darum bin ich froh, wenn sie überhaupt Appetit zeigt, egal zu welcher Tageszeit. Also hole ich schnell etwas Wurst aus dem Kühlschrank, schneide sie, gebe sie in Dunyas Fressnapf in der Diele und mache weiter mit den Zwiebeln. Inzwischen brate ich die Würstchen an.

Dunya will nach draußen. Hintertüre öffnen.

Grundsätzlich dürfen meine Hunde immer in den Garten. Im Sommer ist das kein Problem, die Tür steht doch meist den ganzen Tag offen. Aber jetzt nähern wir uns der Jahreszeit, in der die Tür zu und die Heizung an geht.

Das ist gewöhnungsbedürftig. Für uns alle.

Dunya kommt wieder herein und will noch etwas fressen. Ich gebe schnell den stinkenden gemahlenen Pansen in ihren Napf und stürme zurück in die Küche, wo mir beinahe die Würstchen anbrennen und ich gerade noch die Möhren am Überkochen hindern kann.

Inzwischen schneide ich das Obst für den Joghurt.

Dunya hat vorläufig genug gefressen und möchte ganz gern noch mal raus. Ich kann ihren Fressnapf nicht stehen lassen, weil es zu viele Zaungäste gibt; also schnell den Napf mit Restpansen auf den Schrank stellen, Dunya in den Garten lassen. Und weiter geht's mit dem Kochen und Obst schneiden.

Jetzt will Toby nach draußen. Aber sicher doch, kein Problem. Tür öffnen (und wieder schließen, denn es ist kalt). Dunya will auch noch mal raus. Und... vielleicht doch noch ein kleines Häppchen essen?

Und wieder - inzwischen mit einem Seufzer, trotz meiner Freude über ihren guten Appetit – stelle ich ihr den Fressnapf hin.

Wenn Lilly dann auch noch draußen gewesen ist, schließe ich erst mal die Schiebetür zwischen Wohnzimmer und Küche. Sonst kann ich mein Abendessen vergessen.

Es gelingt mir dann tatsächlich, das Kochen und alle anderen Küchenarbeiten zu einem guten Ende zu bringen, und ich begebe mich zu meinem Sessel, wo der Fernsehkrimi bereits auf mich wartet – manchen Leuten mag das ungemütlich erscheinen, aber ich genieße es, mit meinem Teller auf dem Schoß vor der Glotze zu hängen.

Entspannung.

Allerdings nur kurz. Daisy riecht den Pansen und trippelt unaufhörlich mit ihren kleinen Pfoten in der Diele über das Laminat, wo Dunyas Fressnapf auf dem Schrank steht. Tik, tik, tik, tiktiktik… Tu so, als hörst du gar nichts, Judy, rede ich mir selbst gut zu und stelle den Fernseher lauter. Weiter essen!

In der nächsten halben Stunde wollen alle Hunde nacheinander – sie gehen niemals gleichzeitig! – nach draußen. Es erscheint fast, als machten sie das absichtlich, und vielleicht ist das auch der Fall. Wenn ich endlich mal ruhig sitzen will, esse oder den Fernseher einschalte, ist das jedes Mal der Startschuss für die Hunde, dafür zu sorgen, dass ich auf keinen Fall zur Ruhe komme.

Ein gefundenes Fressen für jeden Hundetrainer, denke ich mir. Was kann man aus dem Verhalten der Hunde – und meinem! – nicht alles herauslesen, nicht wahr?! Er würde wahrscheinlich folgern, es hier mit jemanden zu tun zu haben, der absolut keine Ahnung von Hunden hat, geschweige denn von deren Erziehung und der nicht weiß, dass man das Erzwingen von Aufmerksamkeit vonseiten der Hunde ignorieren soll.

Aber, lieber Hundetrainer, das weiß ich ja alles. Und ich würde es den Hunden auch gern abge-wöhnen; sollen sie doch warten, bis ich fertig bin.

Aber Dunya ist nicht nur ein recht alter Hund, sondern genießt nach ihrer Krankheit auch noch ein wenig Narrenfreiheit; Daisy ist auch nicht mehr jung und leidet unter beginnender Demenz; Luca ist immer recht bescheiden und bittet selten um etwas, da mag ich ihr die Bitte, raus zu dürfen nicht verwehren; Lilly huscht überall zwischendurch und geht *immer* mit raus, wenn *irgendjemand* raus geht; und Toby stellt sich vor mich hin und klemmt seinen Kopf mit den rührenden Schlappohren zwischen meine Knie. Wenn er schon nicht raus darf, will er wenigstens etwas Aufmerksamkeit.

Ignorieren.

Täte ich ja gern, aber wirklich entspannt sitze ich so auch nicht, und außerdem habe ich keine Lust, nachher aufzuwischen, falls er eben doch nötig „musste". Man weiß ja nie.

Nach einer halben Stunde geb ich's auf und lasse trotz der Kälte die Hintertür offen stehen.

Die letzten zehn Minuten meines doch nur eine Dreiviertelstunde dauernden Krimis kann ich mir dann tatsächlich anschauen, ohne alle paar Minuten aufzuspringen. Wenn es mir zumindest gelingt, nicht auf Dunya zu achten, die mich, wenn sie nicht gerade draußen ist, ununterbrochen anstarrt.

Ich schalte den Fernseher aus und setze mich noch eine Weile an den Computer. Kann ich einige Mails beantworten und gleich diese Geschichte aufschreiben, was erstaunlicherweise ohne Unterbrechungen gelingt.

Obwohl... Dunya kommt aus ihrem Korb und schaut mich an. Sie will etwas. Fressen? In den

Garten? Aufmerksamkeit?

Als Dunya so krank war, sagte ich:"Ich hoffe, dass sie mich in einer Woche wieder zur Weißglut bringt. Denn dann weiß ich, dass es ihr besser geht!"

Also ich muss sagen, so wie's aussieht, gelingt ihr das recht gut...

Andere Bücher der Autorin:

Möchten Sie nach dem Lesen mehr über den Podenco erfahren? Vielleicht interessiert Sie dann dieses Rassebuch:

Judy Kleinbongardt

Der Podenco

ein besonderer Mitbewohner

Seit Juli 2014 gibt es das Buch in begrenzter über-arbeiteter Auflage.

Es ist sowohl für „eingefleischte" Podencoliebhaber geeignet als auch für diejenigen, die sich erstmals mit dieser Rasse beschäftigen. Es zeichnet sich durch seine Praxisbezogenheit aus, die durch viele Erfah-rungsberichte unterlegt wird; ebenso durch die wunderschönen Fotos, die von Privatpersonen und von (semi-)professionellen Fotografen zur Verfügung gestellt wurden.

Der Tierschutzaspekt steht im Vordergrund, sodass sich das Buch mit den aus Spanien aufgenommenen Podencos beschäftigt und nicht auf Hundeausstel-lungen, Welpenaufzucht und so weiter eingeht.

Aus dem Inhalt:

Tatsachen und Vorurteile, Ursprung, Der ideale Podencomensch, Der "Alpha"-Mythos, Verhalten im Haus, Rassebeschreibungen, Mentale Stimulation, Entscheidung mit Herz oder Verstand?, Kommen oder weglaufen?, Pflege und Gesundheit, Der Clicker, Freilauf: Ich seh, ich seh, was du nicht siehst

Das Buch umfasst 360 Seiten, ist im A5-Format auf glänzendem Fotopapier gedruckt und enthält Informa-tionen, Erziehungstipps, Erfahrungsberichte aus der Praxis und 317 Farbfotos.

Es kostet 24,50 Euro EINSCHL. Versandkosten innerhalb Deutschlands (Ausland: 28,50 Euro).

Zu bestellen über www.podenco-de.weebly.com

Auf dieser Website finden Sie auch die Unterschiede zur Erstausgabe aufgelistet sowie Reaktionen von Lesern aus Deutschland, Österreich, der Schweiz, Belgien und den Niederlanden.

Wenn Sie Lust auf mehr Geschichten haben, ist dieses Buch vielleicht etwas für Sie:

Alle Leinen los!

Judy Kleinbongardt

Nach Mein Leben mit Hunden, Teil 1 und 2 (beide Bücher sind inzwischen ausverkauft), ist *Alle Leinen los!* das dritte Buch dieser Autorin. Auch in diesem Buch beschreibt sie alltägliche Begebenheiten und Abenteuer mit ihren – teilweise aus dem Ausland stammenden – Hunden. Der beeindruckende Mastin, die eigensinnige Podenca, der sanftmütige Greyhound, der kleine Malteser und die anderen Hunde nehmen Sie auf lebendige Weise mit in eine Hundewelt voller lustiger und rührender Geschichten.

In den 79 Kurzgeschichten, teilweise mit Fotos versehen, werden Hundefreunde sich gewiss wieder finden und so manche gemütliche Lesestunde damit verbringen.

Das Buch enthält auch Geschichten aus der Reihe „Dunyas Blick auf die Welt", in denen die eigensinnige Podenca aus ihrer Sicht verschiedene Alltags-situationen schildert.

Alle Leinen los! enthält 22 Schwarz-Weiß-Fotos, 3 Farbseiten und kostet 11,90 Euro.
Es ist als Taschenbuch erschienen bei BoD.de und zu bestellen in Ihrem Buchhandel vor Ort und bei verschiedenen Internetbuchhandlungen, wie zum Beispiel www.bol.de und www.amazon.de. *
ISBN-Nummer 978-3-8391-6150-0

* Lassen Sie sich durch den Zusatz „Derzeit nicht auf Lager" nicht abschrecken. Das Buch wird gedruckt, sobald eine Bestellung vorliegt.